バリスタの恋

染井吉乃

幻冬舎ルチル文庫

CONTENTS ✦目次✦ バリスタの恋

✦カバーデザイン＝齊藤陽子（CoCo.Design）
✦ブックデザイン＝まるか工房

イラスト・中井アオ✦

バリスタの恋

「あぁ、この子がいい。この子にしよう」

そう言って指をさした子供の声は酷《ひど》く冷たく機械的で、まるでペットショップで売られている犬猫を選んだような様子だったと、高野雨楽《たかのうた》は大人になった今でも思い出す。

それは二十年以上も昔の話、かつて幼い雨楽が預けられていた養護施設《ようごしせつ》でのことだ。

雨楽はそうやって選ばれ、高野の家の養子としてひきとられた。

彼を選んだ子供は高野家の嫡子《ちゃくし》・晴彦《はるひこ》。雨楽とは十歳ほど年齢差がある義兄《あに》だ。

創業者を祖父に持つ彼は、先代社長の父親から会社を任され、社長の任を勤めている。

会社の名前は『株式会社TAKANOグループ』。

元は戦前から食品の卸業《おろしぎょう》をしていた会社だが、祖父の代にその流通ルートを生かしてレストランの経営を始めた。

これまでにない斬新《ざんしん》なサービスの提供《ていきょう》により店がヒットし、父親の代にファミリーレストランとして全国展開したことがさらに経営的《けいえいてき》な成功をおさめ、今ではファミレスで店の名前を知らない者はいないほど有名なチェーン店となっている。

その利益とノウハウを生かし、ファミレスだけではなく他業種の飲食店も子会社として買収し、精力的《せいりょくてき》に事業展開をおこなっている会社だった。

晴彦はその中でも会社の看板であり、要《かなめ》となるファミレス事業部の社長として就任《しゅうにん》し、その采配《さいはい》能力が期待されている。

雨楽もまたそんな義兄をサポートするために大学卒業後同じ親会社へ入社し、本社秘書室の室長として配属《はいぞく》されていた。

あらゆる情報が集約する秘書室で、優秀とは言え大学を卒業して何年も経《た》っていない雨楽が、この部署で一番高い地位である室長という肩書きを持つことに疑問を覚える者もいる。

この会社の上層部はトップの晴彦を筆頭に、要職《ようしょく》は創業者一族達で占《し》めて実権を握っているいわゆる同族経営の組織になっていた。

そのことを鑑《かんが》みても養子とは言え、直系の孫にあたる雨楽の持つ室長の肩書きはけして不相応なものではなく、むしろ雨楽の身元を知れば義弟が社長秘書というポジションに就いていることのほうが疑問で、そのための室長という肩書きなのだと納得するしかない。

雨楽自身、自分の肩書きについて不満など全《まった》くなかった。

むしろこのポジションでいる必要があるのだと、聡明《そうめい》な彼は理解している。

今日も雨楽は社長室で執務中の晴彦の傍《かたわ》らで、業務をおこなっていた。

「雨楽、明後日の会食はどうなっている?」

決裁書類に目を通していた晴彦の問いに、雨楽はパソコンを操作して予定を確認する。

「さ来週へ予定変更を済ませてあります。先方にも確認済みです」

「そうか。明後日は、余程《よほど》急ぎの用事でも入れるな」

「判《わか》りました。明後日には何か予定でも?」

「…」

途端、晴彦はあからさまに不機嫌《ふきげん》な表情を浮かべる。どうやら訊《き》かれたくないことか、雨楽が知っていて当然の予定のどちらかだったようだ。だが雨楽には思いあたる予定はない。

晴彦が突然不機嫌になることなど日常《にちじょう》茶飯事《さはんじ》で、幼い頃《ころ》から八つ当たりをされていた雨楽は気にしなくなってしまっていた。

スケジュール管理の業務を担っている雨楽は、予定を入れるなと念を押されたら従うだけだ。念のため詳細を把握《はあく》しておきたかっただけで、これ以上余計な詮索《せんさく》はしない。

「お前の…」

言いかけた晴彦の声を遮《さえぎ》るように、社長室のドアがノックされる。

「失礼します。高野室長、ちょっとよろしいでしょうか」

ノックしたのは同じ社長室事務の室井《むろい》だ。

「どうかしましたか?」

柔らかさがありながら張りと落ち着きのある雨楽の声は、彼に任せても大丈夫だと思ってしまうような安心感があった。…事実、そうなのだが。

「エントランスの受付から連絡が入りまして。お約束のないかたが、社長に会わせろと」

営業や突然の取材など、約束《アポ》なしで社長の晴彦を訪ねる者は少なくない。

その窓口にあたるのも雨楽の業務の一つだった。

しかし雨楽へ伺いを立てなくても、受付はもとより社長室でも対応のマニュアルがあるはずだ。相談に来た室井も、雨楽よりも社長室勤務が長い有能な女性社員である。

「…誰？」

ドアの前まで近付いた雨楽へ、室井は遠慮《えんりょ》がちに来訪者の名前を告げた。

なるほど、雨楽へ相談に来た理由が納得出来る。

「私が行こうか？　雨楽。例のヘッドハントの男だろう、直前で採用をやめた案件だ」

晴彦にも聞こえたらしいその名前に、雨楽はとんでもないと言わんばかりに振り返った。

「いいえ、もう我が社に関係のない人間です。お約束のない社長がわざわざ赴《おもむ》く必要はありません。…室井さん、私が行きます。受付に連絡をお願い出来ますか？」

「はい、ですが…」

「大丈夫ですよ」

雨楽は安心させるように明るい笑顔を浮かべ、軽く手を上げた。

「室井さん、雨楽が大丈夫と言うのなら任せるといい。いいな？　雨楽」

「はい、勿論《もちろん》です。行って参ります」

晴彦へと振り返った雨楽はそう言って、対応するために社長室を後にした。


雨楽がエントランスに向かうと、男が受付に噛《か》みついているところだった。

「どれだけ待たせたらいいいんだ！」

「お待たせしました」

エレベーターを降りて来た雨楽の姿に、受付の女性は安堵《あんど》の表情を浮かべる。

雨楽は受付の女性へと軽く手を上げてから、来客者の坂下渡《さかしたわたる》の正面で立ち止まった。長身で大柄な男性の坂下は、スーツをきちんと着ていても酷く疲れた様に見える。

「あなたは…確か秘書の…」

「遅くなりました。秘書室・室長の高野です。申し訳ありませんが、社長はただ今他の来客に対応しております。何かお話があれば私が承りますが」

「…！　そっちからは何も話すことはないとでも⁉」

怒声と共に激昂《げっこう》する坂下とは対照的に、雨楽は眉《まゆ》一つ動かさない。

エントランス中央には解放型にデザインされた強化ガラス階段があり、階段を上ると二階をぐるりとまわれる商業施設から一階を見下ろすことが出来た。受付の前で大きな音をたてると、構造的にエントランス全体に響いてしまう。

突然の坂下の声に、周囲《しゅうい》にいた人々が受付に注目していた。

「坂下様の採用の件につきましては最終調整で弊社《へいしゃ》との条件が合わず、大変残念ですがお断りさせて戴《いただ》いたはずですが」

「一方的にメールを送りつけてきただけだろう…！　最初に俺《おれ》を」

「坂下様」

柔らかな雨楽の声が、静かに男の名前を呼ぶ。それだけで威圧《いあつ》され、坂下は抗議の声が続けられなくなった。

充分な間を取った雨楽はエントランスホールの表通りに面した、打ち合わせコーナーとして設《もう》けられているカフェスペースへとゆっくり顔を向ける。

受付で騒がれても困ると判断したのか、雨楽がそのスペースへと坂下を促す。

「社長は？　待っていれば来るのか？」

先に歩き出していた雨楽が足を止め、振り返る。

「いいえ、私が社長からこの件につきまして全判断を任されています」

「はっ、甘い汁だけ吸って、あとは用なしか」

坂下は以前、同業他社の企画・開発部門にいた男だった。

彼の開発技術に目をつけ、引き抜きに声をかけるよう指示を出したのは晴彦である。晴彦は社長に就任後、特に開発の部分で積極的に人材を集めていた。

求めるのは人材、そして他社が保有している『情報』だ。晴彦の代になってから急成長をしたのは破格の条件で人を集めていた背景もある。

とは言え業界内でまことしやかに噂《うわさ》されていても、大手を振って出来ることではないため、晴彦が指示しやすく他部署へも影響力がある秘書室が、秘密裏におこなわれる交渉の窓口として機能していた。

「俺がイエスと言うまでは土下座する勢いでアプローチしておきながら、手土産《てみやげ》を先に受け取ったら途端にポイはあまりに道理が通らないと思わないのか？」

「…このお話が白紙になったことについては、既にご連絡済みですが」

「俺がこの会社へ移ってくる前に、先にあの開発途中のものが欲しいと言っていたからそうしたんだ。ここへ来てすぐに開発が継続出来る準備があるからと」

引き抜きの誘いを受けた坂下は、タイムラグなしに開発途中の企画が続けられるよう、要求に応じかつて在籍していた会社から持ち出した情報を入社前に提供していた。

ところがあとは書類手続きだけの段階で、『TAKANO』は坂下の採用を取りやめたのだ。

何故《なぜ》晴彦が不採用にしたのか、雨楽は知っている。他でもない雨楽自身が、最終的な人事判断をする晴彦に坂下の不採用を促《うなが》したからだ。

怒りを抑《おさ》えた坂下が訴えている間に、受付の女性が気を利かせて二人分のコーヒーを運んで来た。紙コップの自販機のものだが、持ち手がついているカップに入れている。

手抜きではなく、この場所で打ち合わせをする相手のへ通常の対応だ。

「情報を渡してから俺を待機させている間に、この会社で発表された新企画は俺が持ち出したものを少し改良しただけだったことについても、説明をしてもらう権利はあると思うが？　一方的にメールで不採用をつきつけておいて、これでおしまいなんておかしいだろう」

「…」

「納得いく説明を、社長の口から聞かせて欲しい。この会社へ転職出来るから、俺は会社を辞めたんだ。前の会社から情報を持ち出したのが俺だと知られてしまった以上、戻れる席はない。それどころじゃない、情報漏洩《ろうえい》で訴えられでもしたら俺はどうしたら…！」

頭を抱えながら声を震わせる坂下の前で、雨楽は故意に大きめの溜息《ためいき》をついた。

そして手にしていたファイルから書類を取り出し、目を通し始める。

「簡単ながらご説明致します。まず開発部に確認をとりました。発表された企画については以前から弊社にあったもので坂下様が持ち込んだものではない、と報告を受けています」

「嘘《うそ》だ！　あの企画は立ち上げから携わっていたんだ、改変されていても見れば判る…！」

雨楽は声を荒らげる坂下を一瞬見遣《みや》ってから、再び書類に視線を戻す。

「…大変申し訳ありませんが、それが弊社の決定ですので」

「だから社長と話をさせろと言っているんだ！　こっちは前の会社を辞めたのに、直前で採用出来ませんと言われてはいそうですか、で簡単に納得すると思っているのか⁉」

「それでは次のお仕事が決まるまでのお見舞い金をお支払…っつ」

ガタン！　と、椅子《いす》が後ろに倒れる派手な音がエントランスに拡《ひろ》がる。

「ふざけるな！　口止め料に金払えばいいと思ってるのか…！」

坂下は声をあげると同時に、コーヒーが入ったままのカップを雨楽へと投げつけた。

その声で何事かと一瞬静かになった空間に、仕立てのよい雨楽のスーツとワイシャツに茶色のシミをつけて空になったカップがテーブルの脚元へ転がる音が響く。

カップをぶつけられ、反射的に顔をわずかに逸《そ》らした以外微動《びどう》だにしなかった雨楽は、スーツの汚れをそのままにして流れるように椅子から立ち上がる。

「では、お帰りください」

「なっ…⁉」

怒りで絶句する坂下へ、雨楽はふわりと場違いな笑顔を浮かべた。

「お金を無心《むしん》されに来たと思ったのですが、そうでなければお帰り下さいと申し上げたんです。私どものほうでお話しすることは何もありません。これ以上言いがかりをつけるようであれば、弊社の顧問弁護士を通して相応《そうおう》の措置《そち》をとらせて戴きます」

「この会社は、人でなしか…」

雨楽の口から続けられた内容は人を惹《ひ》きつけるその笑顔とは真逆《まぎゃく》のもので、目の前で言われた坂下もギャップに混乱してそれ以上の言葉が続けられない。

そんな坂下へ出口は向こうだと促しながら、笑顔のまま頷《うなず》く。状況的に完全な作り笑顔なのだが、雨楽の整った顔立ちはそう見せない魅力があった。

「では、そんな人でなしの会社へ勤めることにならなくてよかったですね？ 早く次のお仕事が見つかりますように。これで失礼致します」

そう告げて丁寧《ていねい》に腰を折った雨楽は、坂下をそのままに席を離れた。

コーヒーをぶつけられたのを見ていた受付の女性が、フロア専用のエレベーターホールへ向かう雨楽にタオルを持って慌《あわ》てて駆《か》けつける。

「高野さん、スーツとワイシャツが…火傷《やけど》はありませんか？」

「大丈夫です。…それよりもしあのお客さんがすぐに帰らなかったり、また社長を呼べと騒いだらこちらへ繋《つな》がずにすぐに警備《けいび》を呼んでください」

雨楽は差し出されたタオルをやんわりと避《よ》けて受付の女性へそう指示すると、そのままエレベーターの上昇ボタンを押した。

「怒鳴《どな》り込まれるとは、とんだ失態《しったい》だな。スーツも汚されるとは」

「申し訳ありません」

雨楽は自分の背後に立った男を振り返らないまま、何の感情も読めない声で詫《わ》びる。

振り返らずとも声で誰《だれ》なのか判る、専務の橋本《はしもと》だ。血縁はないが、叔父《おじ》にあたる。

「下手《へた》なことをされないように、きちんと整理しておけ。社長の顔に泥《どろ》を塗《ぬ》るようなことにならないように、お前が巧《うま》く立ちまわらなくてどうする。自分の立場を判っているのか」

「心得ております」

「…ふん。その食えない顔の下で、一体何を考えている？」

エレベーターが到着し、当然のように橋本が先に入っていく。雨楽は一緒に乗る愚行《ぐこう》を冒《おか》すことなく、橋本だけを乗せてドアが閉まっていくのを頭を下げて見送った。


「ただいま戻りました」

「室長、大丈夫ですか？」

雨楽は汚れたスーツのまま戻ると、秘書室勤務の女性達に心配され、早めのクリーニングを勧《すす》めてくれる言葉に礼を告げてから隣にある更衣室へと向かう。

いつ何があるか判らないため個人ロッカーの中には礼服の他に、スーツを含めいつも一揃《ひとそろ》えの着替えを置いていた。

色がついて汚れてしまったワイシャツはクリーニングに出す気にもなれず、雨楽はそのまま更衣室のゴミ箱へ捨てる。仮にクリーニングに出しても、二度と着ないだろう。

上一つを残してワイシャツのボタンを止めた時、ノックなく更衣室のドアが開かれた。

「上着を汚して戻って来たと聞いたんだが…どうしたんだ？」

着替え途中の雨楽の姿に、晴彦は嫌悪《けんお》も露《あら》わな表情で眉を寄せている。

「何でもありません」

わざわざ報告する必要もないと思っての雨楽の返事だが、晴彦は不満そうな表情を崩《くず》さない。何か言いたげに晴彦の唇が動くが、それだけだった。

「急用が出来た。出かけるから、お前も来い」

不機嫌な口調で晴彦はそれだけを告げ、乱暴に更衣室のドアを閉める。

普段《ふだん》は無音《むおん》のドアが派手な音をたてて閉まり、耳障《みみざわ》りなその音に雨楽は僅《わず》かに身動《みじろ》いだ。

だが、雨楽は気にしない。それがこの会社に勤める、雨楽の日常だった。


朝は早く、そして深夜遅くまで開いている喫茶《きっさ》チェーン店『キャロル珈琲店《コーヒーてん》』。

シルクハットをモチーフにしたロゴを持つこの店は、名の通りコーヒーを主に提供する喫茶店である。だが流行のスタイリッシュで垢抜《あかぬ》けた店内というよりも、どこかほっとするアットホームな内装《ないそう》は全国に点在《てんざい》している店舗によって雰囲気《ふんいき》もがらりと異《こと》なっていた。

基本は、どこにでもあるようなどこか懐かしい町の喫茶店だ。周囲に暮らす人々に気軽に気安く、そして居心地《いごこち》良く過ごして貰《もら》うことに重きを置き、フランチャイズチェーンにありがちな、どの店舗に行っても画一的でマニュアル通りの接客をしていない特徴《とくちょう》を持つ。開店前から徹底的な地元調査をし、いわゆる土地柄に添《そ》った柔軟《じゅうなん》な接客をおこなうことで近隣の住人達にとって通いやすい店になっている。

都内でいくつかある店舗の荻窪《おぎくぼ》店でも、その方針は変わっていない。

駅前の騒《さわ》がしさから少し離れた場所に店を構え、活動的《かつどうてき》なシニアの世代が友人達とコーヒーを飲みながら談笑《だんしょう》し、その隣のテーブルではスーツ姿の人々がビジネスの話をしている。

『キャロル珈琲店』は、そんな様々な人々が集《つど》う喫茶店だった。

…その店から徒歩で二十分ほどの、駅向こうにある古い二階建てのアパート。

「…み、あーずーみーちゃーん。おい、起きろ有澄《あずみ》。仕事行く時間だろ」

「うーん…」

君和田《きみわだ》有澄は自分を揺り起こす振動に眉を寄せた。

「有澄」

再度強く名前を呼ばれ、有澄は眩《まぶ》しそうに眠い目を開けようとするがうまくいかない。

「もうすぐ七時になるぞ。この時間に起こしに来いって言ったのはお前だからな、有澄。ほら！　優しい類《るい》お兄様が直々《じきじき》に起こしてあげているんだから、おーきーろー」

「ううう…眠ぃい…」

「起きれば目も覚める」

有澄は何度も目を擦《こす》って、ようやくベッドから重い体を起こした。

ベッドの傍らに立っていたのは、有澄の兄・類だ。スーツ姿の様子を見ると、出社前に寄ってくれたらしい。

「忙しいんだからこんなところで一人暮らししてないで、家に戻ってくればいいのに」

「一人のほうが気楽なんだよ…」

「だったらもう少し掃除《そうじ》をしろ。彼女がいないのが判る部屋だぞ？」

弟の有澄が日々追われる仕事と勉強で忙しく、自分の生活のことなど顧《かえり》みる余裕がないことは類も知っていた。

見かねて注意されるほどちらかっていて汚い、というわけではない。男の一人暮らしらしく雑然《ざつぜん》としているが、清潔感のある暮らしやすそうな空間が維持《いじ》されている。

自分の勉強と借金返済のために、バリスタとしていくつもの店舗をかけもちして働いている有澄が暮らす部屋だった。

バリスタはコーヒーを淹《い》れる職業を指す言葉だが、とりわけ上手に淹れる技術と深い知識を持つ者として、欧州《おうしゅう》などでは認定試験や技術大会なども開催されている。

気軽に立ち寄れてテイクアウトが出来る、外資系のカフェスタイルの店がいくつも日本に上陸したことによりこれまでにないブームになっている昨今、特定のチェーン店の店員を指《さ》す言葉に思われている印象だが、実際は違う。

「彼女はハウスキーパーじゃないだろ…。あぁでも、恋人は欲しいかなあ」

珍しい有澄の口調に、類は面白そうに弟の顔を覗《のぞ》き込む。

「そんなふうに思えるくらい、寂《さび》しいのか？」

「でもまあ、俺じゃあ無理だけどね」

欲しいのは彼女ではないから、という言葉を有澄は飲み込む。

有澄が女性の恋人を作らないことを類は知らない。察《さっ》しのいい兄なので、もしかしたら薄々気付いているかも知れないが、有澄自身は自分の口から類に告げたことはなかった。

だからといって我を忘れて求め、恋い焦《こ》がれるような誰かと巡り逢《あ》ったこともない。

どこか考え込んでしまった風情《ふぜい》の弟の髪を、類は励《はげ》ますようにくしゃくしゃにする。

「…まあ、とりあえず気が向いたら恋人くらい作れよ。可愛《かわい》い子、紹介しようか？」

「うーん、いや…いいよ。ありがとう。なんかそういうのじゃないから」

「溜《た》めずに、適当に抜けよー」

男兄弟らしい言葉に、有澄は笑う。

「いや違うって、そういう意味じゃなくて…どういえばいいんだろ。俺は、俺自身と言うよりも、寂しい人の傍《そば》にいたいんだよな」

「寂しい人？」

「うん。世界で自分ひとりしかいないんだって、孤独《こどく》に泣いているような人。そんな人がいたら、傍にずっといて手を握ってあげていたいなーって思う。その人のかけがえのない存在になれたらいいなって」

子供のようにそう言った有澄に、類が呆《あき》れた表情を浮かべる。

「うーん…それって、何か違くないか？　俺には、どうもいい感じがしない」

「そう？」

不思議そうに首を傾《かし》げる有澄へ、類は断定《だんてい》する。

「そうだろ。なんだか人の弱味に付け入りたいって言っているように聞こえるから」

「孤独は弱味じゃないよ」

「たとえそうでも。相手は自分の孤独を埋めてくれるなら誰でもよくて、有澄じゃなくてもいいってこともあり得《う》る。お前が好きで望んでも、穴埋めとして利用されるかも知れない。そうではなく他の誰でもない、有澄じゃないと駄目だって言ってくれる相手を探しなさい」

「うーん…誰でもいいなら、俺でいいじゃん、って思ってるからなあ」

想像通りの返答に、類は溜息をつきながら自分の額に手をあてた。

「お前はそういう奴《やつ》だったな、そういえば。出逢った相手が寂しい魂を持っていたら、本当に縁があったんだろうな。相手が望むなら、その時は全力で護《まも》ってやればいい」

有澄の気持ちを蔑《ないがし》ろにしない類の言葉は、そのまま家族からの情愛《じょうあい》だ。

「そうする」

だから有澄も、素直に答えるしかない。

自分が何故孤独な者を求めるのか、理由そのものを訊かないでいてくれる兄に感謝しながら、有澄は出勤の支度をするために立ち上がった。

「あ、そうだ。早めに起こして貰えたから、仕事出る前に一緒に飯食う？」

「せっかく久し振りに会えたし、そのつもりでいたんだが…これから人と会う約束が入ってしまったから、また今度」

着替えるために服を脱いでいた有澄は、その言葉に手を止める。

「何？　もしかして急ぎの仕事？」

「いや、仕事というか…先日出先で、たまたま□□商事の遠武《とおたけ》さんに会ってね」

言われ、有澄は相手の顔を思い出す。確か類の会社でも大手の取引先だ。

「遠武さんって…貿易の？　少女漫画に出てくる憧《あこが》れの先輩、みたいな男前の」

「うん、大体合ってるかな。その人だ。彼に相談をもちかけられてね。仕事とは少し外れるんだけど…有澄『TAKANO』は知ってるよな？」

「知ってるよ。最近喫茶部門の展開も始めたから、会社でもチェックしてる」

「さすが、現場にいると情報早いな」

「何？　『TAKANO』が海外から大量にコーヒー豆でも買いつけたとか？」

「その事業展開絡みで、あちこちで人材の引き抜きをかけているらしくてね。遠武さんの知りあいも声をかけられて、少々トラブルがあったらしい。仕事先を探しているそうだ」

「ふーん？　確か少し前に社長が替わってから、結構動きが派手になってるよな。野心とかあるだろうから、早めに実績とか作りたいんじゃないの？」

「『TAKANO』の社長が剛胆《ごうたん》に動けるのは、サポートする切れ者の部下がいるからだな」

「兄貴、その部下と会ったことある？」

類は少し考え、首を振る。

「いや…俺は記憶にないな。社長と会った時に一緒にいたのかも…アズ、お前相変わらずいい体してるなぁ。着痩《きや》せして勿体《もったい》ない」

「いやん」

惚《ほ》れ惚《ぼ》れとした口調に、有澄はわざと両腕で隠さなくてもいい胸元を隠す仕種《しぐさ》を見せた。

高すぎない身長に見合った八頭身に、よく引き締まったバランスのよい筋肉が乗っている。かといってはっきりとした段差が見えるほどの筋肉ではない。

身長はほぼ同じだが着痩せする有澄と比較すると、類のほうががっしりとして見える。こうして並ぶと似た兄弟だが、類は父親似だ。そして有澄は優しい顔立ちで美人な母親に似たので、どこか甘い面差しが彼の人懐こい笑顔をより魅力的にしていた。

有澄が笑うと、いつも人が集まってくる。そこはとても居心地がよいのだ。

だからこそ現場で働く人々に求められ、有澄も応じて頑張っている。

「いや、隠すなら下だろう…早くパンツはけ」

「隠さなくちゃ勿体ないほど立派はモノないから大丈夫。…にしても、その『TAKANO』の人事の話、ちょっと引っかかるな。こっちで何か耳にしたら連絡する」

「あぁ頼む。もう出勤するんだろう？　車で来てるから、店まで送ってやるよ」

「助かる。さすがお兄ちゃーん」

優しい兄の申し出に有澄は笑いながら頷き、着替えの手を早めた。


雨楽はその日、いつもより遅い時間に一人暮らしのマンションへと戻って来ていた。

肺の中の空気を全て吐き出すような溜息をついてから、ネクタイを緩《ゆる》める。

自分が酷く緊張していたことに嫌悪しながら、その足でパウダールームに向かう。

「…嫌な顔」

ドアを開くと真正面にある鏡には、疲れた自分の顔が写っていた。

幼い頃から雨楽は自分の顔が好きではなかった。童顔で若く見られがちということもあるが、自分でも可愛げがないように感じる。

「実際、可愛げはないけど」

だから晴彦がいつも不機嫌になるのは、雨楽にもなんとなく判るのだった。

今日訪れた坂下という男。最初に目を付けたのは、企画開発部…橋本の最も息のかかった部署だったはずだ。同業他社にいた坂下もまた企画開発部に籍を置き、いくつものヒット商品を生み出したことでその名は業界内部で知られていた。

三ヶ月ほど前に彼の才能を見込み、『TAKANO』から声をかけたのだ。

引き抜きの条件は、彼が抱えていた新規プロジェクトごと移籍してくるというもの。

その内容は『TAKANO』が新規参入した「喫茶部門」に大きな影響を与える。ライバル会社では脅威《きょうい》だが、自社《じしゃ》のことであれば心強い企画だった。

優れた人材も欲しいが、ライバル会社にその企画が実行されるのを恐れて潰《つぶ》すことが開発部の本当の目的だったのかも知れない。

今の社長に代わってから、有能な人材を求めての引き抜きは何度かおこなわれている。

最終決定は人事部からの報告を受けて社長が判断するが、これまで全て『TAKANO』に移籍していた。

坂下へ不採用の連絡を入れたのは、雨楽だ。

不採用の連絡を入れてから数日後、坂下が続けるはずだったプロジェクトとほぼ同じものが『TAKANO』から発表されている。

開発部は最初からプロジェクトだけを求めていたのだと、ようやく関わっていた人間達が気付いた時には坂下は前の会社を裏切り、『TAKANO』に恩を売ろうとした男に仕立て上げられてしまっていた。

雨楽は小さく、もう一度自分を励ますように呟く。

「これが俺の仕事だ」

急な代替わりを機に、晴彦は何人か人事を整理していた。その人事に不満を持つ者も、少なからず社内に存在している。

そんな彼らに足元を掬《すく》われないようにするのが、雨楽が命じられた仕事だ。

晴彦にカリスマ的リーダーとして、これからも社を束ねさせなければならない。

決断力がありその決断が正しかったのだと周囲に思わせるための、清廉潔白《せいれんけっぱく》な印象操作が必要だ。そのために雨楽は彼の手足となり、目立たぬように動かなければならない。

「コーヒーをぶつけられたくらいで済んでよかったと思うべきか…」

いっそ殴《なぐ》られたほうが、少しは相手の気も晴れただろうに。

洗顔だけでは満足出来ず、そのまま服を脱ぎ捨てて熱いシャワーを浴びる。いつもならこれですっきりするはずなのに、今日は全身に広がる倦怠感《けんたいかん》がとれなかった。

テレビもラジオも、スイッチを入れる気がしない。

「濃いコーヒーでも飲んだら、少しは気晴らしになるかな」

今夜は、とてもひとりで部屋にいる気分ではない。

雨楽は財布と上着を摑《つか》むと、近くにあるコーヒー店へ向かうため部屋を出て行った。

「聞いて下さいよ有澄さん！」

「え？　何？　どうしたの？」

有澄は、同じくフロア担当の野木《のぎ》の怒りも露わな様子に首を傾げる。

「朝によくお店に来てくださるお婆《ばあ》ちゃん…相田《あいだ》さんが怪我《けが》されたんですよ！」

名前を聞いてすぐに顔が思い浮かぶ、この店の常連のお客さんだ。

「相田さんが？」

それで何故野木がこんなに怒っているのだろう。理由が判らず首を傾げた有澄に、彼女は昂《たか》ぶっている感情のまま早口で続けた。

「駅への裏道になっている信号のない三叉路《さんざろ》で、相田さんが後ろから車に煽《あお》られて転んでしまって足首を骨折されたんですって。その車が『TAKANO』の車だったらしいんです」

駅へ向かう道に二方から入り込む三叉路は、入り込む側の道が細く一台しか通り抜けられない。そのため車と歩行者の事故もあとを絶たなかった。

「『TAKANO』の？」

近年喫茶部門にも進出しており『キャロル珈琲店』もライバル会社としてよく比較されて

いる。社内で通達《つうたつ》があったわけではないが、従業員にもその意識が自然と強い。

「クラクションを鳴らした車を、たまたまほかの常連客さんが見ていて『TAKANO』の車で間違いないって言っていました」

「…なんでそんなことをしたんだろう」

呟《つぶや》いた有澄に、野木は首を傾げた。

「え？　さあそれは…。相田さんはご高齢《こうれい》ですし、もし道をゆっくり歩かれていたのなら、進路の邪魔と思ったんじゃないですか？」

野木の話を聞きながら、有澄はオーダーされたコーヒーの準備をしていく。

基本は自社で開発したオリジナルマシンで淹れたコーヒーを提供するが、メニューによってはマシンではなく店員がドリッパーを使って抽出《ちゅうしゅつ》することもある。メニューにその表記があるわけではないが、知っている常連客が好んで頼む場合が多い。

マシンではなく人間の技量次第でコーヒーの味が変わるため、上手に抽出出来る社員がおこなう。この店では有澄がいる時は彼がハンドドリップの担当を任されていた。

有澄が淹れるコーヒーは特別美味《うま》いと客の間で評判になり、彼がシフトにいるのを確認してオーダーする常連客も少なくない。

有澄はそのドリップの抽出の腕を買われ、他店もまわっていた。

話をしている間に有澄はコーヒーを淹れ終わり、カップをソーサーにセットするとトレイに載せてフロアに向かう。

…そして、彼を見つけた。


「いらっしゃいませ」

柔らかなドアベルの音に迎えられ、二重の扉を開けると芳醇《ほうじゅん》なコーヒーの香りが拡《ひろ》がる。

その香りに、雨楽はついほっと安堵の溜息をついた。

店員の案内はなく、好きな席を選べることも雨楽は気に入っている。

雨楽は少し迷い、それから窓側の席を選んだ。店内に流れる静かな音楽と、あたたかな色味の照明に窓の外に見えている街の夜の気配が遠のいた気がして雨楽は体の力を抜く。

頼んだのはいつも通りコーヒーと、夕食代わりの日替わりホットサンドのセット。

オーダーが入ってから厨房《ちゅうぼう》で作られるのだが、幸いすぐにテーブルに届けられた。

「ごゆっくりどうぞ」

「ありがとう」

控えめな雨楽の言葉に、コーヒーをテーブルに届けた女性店員…野木はちょっと驚いた表情を見せてから嬉しそうに笑い、小さく会釈《えしゃく》をした後に席を離れていく。

テーブルの上に置かれた白い磁器のあたたかいカップから、淹れたてのコーヒーの香り。

お腹《なか》が空いているはずなのだが、自分で頼んだのにどうしても食べ物のほうに手がのびない。食べるのをすぐに諦《あきら》めた雨楽は、代わりにコーヒーの匂いを愉《たの》しみながら頬杖《ほおづえ》をついて外を見るふりをしてガラスに映った店内をぼんやりと眺めた。

店の中には親子連れや何やら話し込んでいる二人組のサラリーマン、年老いた夫婦や女性数人のグループもいる。

駅から少し離れ、ビジネス街から住宅街に近い立地のせいだろう、年格好も様々な客が店内の六割ほどの席を埋めていた。喫茶店としてはこの時間に多い人数だ。

それぞれの席に座る全てに、誰かが一緒にいた。雨楽のように一人でいる客が見えない。

店内で一人客は、自分だけだった。

「…」

そのことに気付いた雨楽が僅かに顎《あご》を浮かせながら視線を外へ向けると、恋人同士に見える男女が手を繋《つな》ぎ仲睦《なかむつ》まじげに笑いながら駅に向かって店の前を通り過ぎていく。

こんな時間になっても、誰かが一緒に食事をして笑っている。

仮にもっと早い時間であっても、自分には気軽に食事に誘えるような友人は、いない。

仕事で忙しいせいもあるが、雨楽はあまり自分の周囲に人を置きたがらなかった。

幼い頃に高野の家に養子に入った過去を含め、自分をどう話していいのか判らないし、雨楽本人が他人に興味を持って貰えるほど面白い人間と思っていないせいもあった。

裕福な家の次男だから誉《ほ》めそやしてくれる人々はいる。だがそれは雨楽自身に価値を見出《みいだ》しているわけではないと、見抜いてしまえるだけの聡明《そうめい》さを持ち合わせていた。

勿論雨楽個人に好意と興味を持って近付いて来てくれた者も中にはいただろう。

それでも雨楽は幼い頃から常に自分の立場に遠慮《えんりょ》があり、いつの間にか相手と距離を置くのになれてしまい、悩みや嬉しいことを相談出来る友人を作れずじまいのまま今日まで過ごしてしまっていた。

仕事だと割りきっていても、今日のようにすっきりしない気持ちはかすかに残る。

会社で日常的におきる様々な出来事、他愛のない上司への愚痴《ぐち》、誰かに話してしまえば忘れてしまうような些末《さまつ》なことを話す相手が、雨楽にはいない。

友人がいなくても、家族がいれば聞き手となってこの気持ちを軽くも出来ただろう、だが自分が存在出来るその最小単位の家族すら雨楽は持っていないのだ。

否《いな》、家族はいる。晴彦も義理の両親も健在だ。だが彼らは戸籍上の家族であって、雨楽が心を預けられる存在ではない。辛い時苦しい時、嬉しい時に気持ちを分かちあえる人々ではないことは誰よりも雨楽が知っていた。

「…」

ここでも窓ガラスを鏡にして、頬杖をついている疲れた顔が見える。

それは自分の顔だ。たった一人でこっちを見つめている。

友人がいない自分、せめて今夜だけは濃いコーヒーを頼めばよかった。濃くて苦いコーヒーごと、この押し潰されそうな孤独感と良心の呵責《かしゃく》で蝕《むしば》まれている傲慢《ごうまん》な気持ちを飲み込んでしまえばよかった。そう思いながら、流し込むようにコーヒーを飲む。

こうして弱い自分に、ただ何も言わずに寄り添ってくれる人がいたら。それだけで自分はまだ大丈夫だと思えただろうに。

雨楽は誰にも聞こえない声で、自分に尋《たず》ねる。

「お前は…」

一体誰なんだ？　何のために生きているんだろう。

「このままどこかへ消えてしまっても、きっと誰も困らないな」

本当に消えてしまっても。心配してくれる『誰か』が雨楽には出てこない。

高野の家族が遅れて過《よぎ》ったが、彼らが心配するのは世間体だけのはずだ。

そんなふうに今夜の雨楽は、自分で自分の存在価値すら見失《みうしな》っていた。

頼んだホットサンドにも手をつけず、頬杖をついたままじっと窓に映り込んだ自分を見つめていた雨楽の視界が、不意《ふい》に歪《ゆが》む。それと同時に鼻の奥がツンと痺《しび》れるように痛んだ。

「…っ」

自分が泣きそうになっていることに気付いて慌てて顔を拭《ぬぐ》おうとする雨楽に、突然の言葉が投げかけられる。

「君は誰？」

「…っ⁉」

雨楽は心の中を見透かされたような突然の言葉に驚いて、急いで顔を上げる。

少し離れた通路で、男性店員がコーヒーポットを手に背後を振り返っていた。

店員だと判ったのは、長身の彼が店の制服とトレードマークの黒いエプロンをしていたからだ。常連と言えるほどまだ通っていないが、この時間帯に初めて見る店員だった。

場違いな、と言ってしまうとこの店に失礼かもしれないが、本業はプロのモデルか二枚目の俳優だと言われても納得してしまいそうなくらいルックスに恵まれている。

「判りました、すぐに行きます」

後ろから声をかけた女性店員にそう返事をした彼は、そのまま真っ直《ます》ぐ雨楽の席へ来る。

「コーヒーのおかわりは如何《いかが》ですか？」

胸のネームプレートには『君和田』と書いてある店員…有澄は雨楽と目が合うと、にこりと笑った。

作り笑いとは思えない有澄の自然に見える笑みに、雨楽は驚きで瞬《まばた》きを繰り返す。

どこか人懐こいその表情は、たとえるなら心を許した親しい相手に見せるようなものだったからだ。かといってけして馴《な》れ馴《な》れしいものではない。

居心地がよくとても質の良い店だが、こんなふうに親しげな表情を向けられたのは雨楽は

初めてである。

「いえ…」

だから雨楽は半分面食らいながら、ぎこちなく目線を自分のカップへおとす。

傍らに立った有澄の持っていたポットから、心地よいコーヒーの匂い。その匂いに誘われてもう一度顔を上げた雨楽は、残っていたコーヒーを飲んでから有澄に持ち手を向ける。

「すみません、お願い出来ますか」

「かしこまりました」

有澄は小さく頷くような礼をしてから、丁寧にカップにコーヒーを注ぐ。

「いい匂いですね」

思わず呟いてしまった雨楽に、有澄は穏やかに笑う。

「どうぞ、ごゆっくり」

「ありがとう」

有澄が静かにテーブルを後にするのを目で追いながら、雨楽は注いで貰ったばかりのカップに口をつける。

「…美味しい」

ほわ、と拡がるコーヒーの香り。傾けていたカップの中が一瞬だけ歪んだのは、コーヒーの匂いに安心して滲《にじ》んだ涙ではなく湯気のせいだ。

はっきりと判るほどの雲泥《うんでい》の差があるわけではないが、軽食のセットで頼んだコーヒーとは違った美味しさだった。この店は一番安いコーヒーでも、レベルが高い。

「これ豆が…違うよな？」

単純におかわりのコーヒーと思ったのだが、明らかに違うようだ。

どのコーヒーだったのだろうと興味がわいた雨楽はメニューを開いてみる。書かれていたメニューにはいくつか「特製」の文字が入っていて、どれなのか判らない。

雨楽はすぐに探すのを諦め、さっきの彼が来たら教えて貰おうとメニューを閉じてテーブルに頰杖をついた。この店も閉店まであと三十分くらいだった。

「…」

店内を見渡すと、コーヒーを入れてくれた有澄の姿が見えない。コーヒーのおかわりをまわって、バックヤードに戻ってしまったのだろうか。

頰杖をついてぼんやりとしていると、先ほどの孤独感がまた雨楽の中を満たしていく。

同じテーブルを囲んでいる、一人ではない客達。

閉店の時間になれば、彼らは一緒に店を出ていく。知りあいならそれぞれ帰路につくが、家族なら帰るまで一緒にいられる。少なくとも今は、一人じゃない。それだけでも今夜の雨楽には、羨《うらや》ましい気持ちばかりが募《つの》っていた。

寂しいと思うのは、誰かと一緒にいた記憶があるからだ。だが雨楽には孤独を感じるほど誰かと寄り添っていた記憶はないはずなのに、こうしてたまらない寂寥感《せきりょうかん》に襲《おそ》われる。

「…人恋しいなんて、どうかしてる。ないものねだりして、どうするんだ」

雨楽は自分に言い聞かせるように小さくそう呟き、己の甘い考えを払拭《ふっしょく》しようとする。

こんなせつない夜に誰かに声をかけられたら、きっと恋に落ちてしまう。

陳腐《ちんぷ》なドラマみたいなことを思っている自分に気付いた雨楽は自嘲《じちょうぎみ》気味に笑った。

それほどに、弱っていた夜だったのだ。

その時、目の前にコーヒーの入った新しいカップが置かれる。

「おかわりをどうぞ」

「…え?」

突然置かれた新しいカップに驚いて雨楽が顔を上げると、有澄がテーブル越しに心配そうな様子で立っていた。

「あの…おかわりはお願いしていませんが」

さっきのコーヒーを貰ってまだ五分も経っていない…はずだ。一口飲んだだけで、飲み終わってもいない。

困惑《こんわく》する雨楽に、有澄が穏やかな声で続けた。

「泣くのに、先ほどのコーヒーだけでは水分が足りないと思って」

「…っ!」

「今にも、泣き出しそうな顔をされていますよ」

ベソをかいていたのを見られた？　そう思い、恥ずかしさで咄嗟《とっさ》に手の甲側を顔に向けて顔を隠す雨楽に、有澄は労《いたわ》しげなまなざしを向けている。

「もし、何かお辛いことがあって泣けるなら、泣いたほうがきっとすっきりするかと」

「あなたに…何が判るって言うんですか」

震えそうな声をやっと絞り出す雨楽に、有澄は小さく首を振る。

「何も知りません。だから見当違いのことを申し上げているかも知れませんが。…ただ、とてもしんどそうなのは、俺にも判ります。そういうお客様は、時々いらっしゃいますから」

初対面の相手に気遣われてしまうほど、今夜の自分は人恋しくてたまらない顔をしていたのだろうか。そう思うと、雨楽はさらに恥ずかしさが募ってますます頰が熱くなる。

「余計な…お世話だ」

「承知の上です」

「俺が寂しそうな顔していたとでも？」

「どちらかというと、人恋しそうな。迷子になって泣き出しそうでしたので、つい」

さらりと返され、雨楽は二の句が継《つ》げない。

雨楽がたまらなくなって立ち上がると、その勢いで派手な音が店内に響く。

「この店は…客の顔色まで見てるんですか⁉」

自分の中で有澄に言い当てられた恥ずかしさが、怒りにも似た感情に変容《へんよう》するのが雨楽には判る。いつもなら受け流してしまうような言葉なのに、だ。

それでも周囲の客に気遣い、抑えた声の雨楽へと有澄は小さく肩を竦《すく》めた。

真っ直ぐに見つめて心の中を見透《みす》かすようなまなざしを持つ有澄は、雨楽はどうにも苦手なタイプの男だった。射貫かれて、身動きがとれなくなるような気がする。

「少なからず、こちらの対応の判断材料にさせて戴くことはあります」

接客業としては、本当のことだろう。だからと言って、店員が自分のことを様子見していたと知りたくないのが利用者側の本音だ。

「俺が泣きそうだったから、慰《なぐさ》めにコーヒーのおかわりを促したんですね」

有澄は雨楽を見つめたまま、ゆっくりと口を開いた。

「泣いちゃえば、すっきりしましたよ。…多分、ですが。もしよければ、遠慮なく今からでもどうぞ？　水分が足りなければ、いくらでもおかわり致します。…サービスで」

「…見ず知らずの人に同情されるほど、弱ってません」

途端、有澄は宝物を見つけたような表情で笑顔を浮かべる。

「それはよかった」

駄目だ、この男とはまるで話が通じない。この店ならと思って来たのだが、どうやら今夜はハズレだったようだ。

雨楽はそう判断すると、無言でテーブルの上に投げ出していたスマホと伝票を摑《つか》む。

「…今夜は、そんな気持ちじゃなかったんだ。この店ならと思って来たのに。最悪」

足早にレジに向かうと、有澄が後に続いた。

「沈んだ気持ちよりも、怒りのほうがずっと元気になります」

「え？」

支払いのために顔を上げた雨楽へ、レジに顔を向けたまま有澄が続ける。

「怒りは、自分が後ろめたい気持ちから来る反動です。そして怒りには相手がいる。その相手のことを思い出すと、反射で腹が立つんです」

半ば独り言のような有澄の言葉は、雨楽には初めて耳にする解釈《かいしゃく》だった。無視をして精算だけ済ませればいいのに、ついつられて反応してしまう。

「…怒りが何故、後ろめたい気持ちから来るんですか」

「怒りは自分がその相手に対して万全《ばんぜん》を期さなかった、手抜きを誤魔化《ごまか》すための、あるいは自分を正当化するための言い訳といえば判りやすいかも知れない」

「手抜きを誤魔化すための言い訳？」

有澄は、雨楽を見つめる。

「もしお客様が今夜本当に沈んだ気持ちではなかったのなら、または誰にも気付かれないようにその気持ちを完璧に隠しておけば私にそのことを指摘されずに済んだんです。ですが実際はそれをしていなかったから、見透かされた。見透かされた恥ずかしさが怒りになる」

「…っ」

「あとは…相手に対して甘えがある場合も、怒りはわくものですが…今夜は違うでしょう。そして怒りは常に怒りの燃料を投下し続けなければいけない。何度も自分がされたことを思い出し、反芻《はんすう》することで怒りを持続させようとする。…これが意外とエネルギーを消費します。疲れて心が沈む余裕なんかなくなるから、怒りのほうがまだいい」

有澄はおつりを置いた精算トレイの上に、レシートとは別にもう一枚カードを載せた。そして深々と頭を下げる。

「お客様に対し、今夜の失礼な発言を心よりお詫《わ》び致します。言動は私個人の見解《けんかい》であり、この店や会社がお客様へそのように振る舞っていいと許しているわけではありません」

「…謝るくらいなら、最初から言わなければいいのに」

「言わずにはいられなかったんだ」

有澄の口から滑るように出たのは、丁寧に詫びた口調とは違う自然な言葉だった。

「…またどうぞこの店へおいでください。その時は私、君和田有澄がお客様へ心からのおもてなしをさせて戴きます」

再び丁寧な口調に戻った有澄から改めて手渡されたのは、名刺サイズの無料のコーヒー券だった。

「…」

店を出た雨楽は、有澄に渡されたカードを改めて見る。

提示すればどのコーヒーでも一杯無料になるコーヒーチケットが表面に刷られ、裏は名前が印字されていて、チケットを利用した後でも名刺として機能するカードになっていた。

否、本来は名刺であり、店の宣伝をかねて無料のチケットをつけているようだ。

雨楽は呟くように、印字されていた名前を読みあげた。

「これ、名刺になってるんだ。君和田…有澄」

君和田有澄。それが彼の、名前。

「そうか、それであの時…」

『君は誰?』

おそらく有澄が誰かに呼ばれていた時に、雨楽が彼の苗字を聞き間違えたのだ。

自分のことなのに、雨楽はどんな気持ちを抱えて店のドアをくぐったのか覚えていない。

店を出た時は、まだ少なからず有澄への怒りが残っていた。だが有澄から渡された名刺兼用のチケットを見ていると、その怒りが自分の中で消えていくのが判る。

「…あの人、なんで俺に声なんかかけたんだろう」

どれだけつまらなそうな顔をしていたのだろうか。有澄が無礼を承知で見かねて声をかけるほどに。

『キャロル珈琲店』は徹底《てってい》した従業員教育により、上質な接客をすることでも有名だ。その接客の心遣いは一流ホテルのラウンジにも引けを取らないと評され、国内だけでなく海外のメディアでもしばしば取り上げられている。

利用客に愛される店になることで従業員もまた己《おのれ》の仕事に誇《ほこ》りを持ち、より質のよい業務を全うしようとする。会社もまた、そんな従業員を給与や待遇の形で正当に評価していた。

従業員は席についた客に対して過干渉することなく、自宅のリビングで寛《くつろ》ぐような空間を提供するために気を配っている。

「下手《へた》したらクレームものなのに…もしかして、わざと怒らせるように言ったのか？」

感情を露わにした雨楽に、有澄は安堵した表情を見せた。

「俺を怒らせて、あの人に一体何の得があるんだ。…ワケ判んねぇ」

怒りに押されて、ずっと感じていた孤独が一蹴《いっしゅう》されてしまっている。

少なくとも今は、寂しくない。

「…」

雨楽は無料券に有効期限がないことを確認してから、家へ帰るために歩き出す。

その足取りは店に来た時よりも、少しだけ軽かった。

翌日雨楽はいつも通り秘書室の誰よりも早く出社し、晴彦の今日の予定を確認する。

定時の三十分前には秘書室のスタッフは全員揃い、朝のミーティングが終わる頃に晴彦が社長室のドアを開けた。

「おはようございます。本日予定されている双葉《ふたば》食品様との昼食会ですが…」

「その件だが雨楽、お前が代わりに行ってきてくれ」

着ていた上着を脱ぎながらこちらを見ない晴彦の言葉に、雨楽は躊躇《ためら》いもなく頷く。

「判りました」

「この間会った時はえらくお前を気に入っていた様子だし、問題はないだろう」

気に入って、の部分に何やら含みを感じたが、雨楽は聞き流す。

「私が社長の義弟とご存じの、社交辞令だと思います」

「…お前は本当に優秀だな、雨楽」

「いいえ、まだまだ至りません」

晴彦からの皮肉だと判っているから、雨楽は気付かないふりをして受け流す。

「養子とは言え、俺の弟として鼻が高い。これからも頼むぞ」

養子に入ったのは晴彦を支えるための都合上の立場であり、実際は彼の従者として育てられたと言っても過言ではない。むしろ彼の立場を示すには義弟という言葉以上に適確だ。

「勿論です。社長を支えることが出来なければ、私がここにいる存在意義を失います」

「お前にとって俺の存在価値は、社長だけか？」

「…？　仰《おっしゃ》っている意味が、よく判りません」

他に何があるのだろう？　本当に判らなくて首を傾げた雨楽へ、晴彦は手を払った。

「お前に訊いても、本音を言うわけがないか。本当につまらない男だな」

溜息をつきながらの晴彦の捨て台詞《ぜりふ》が、部屋を出る雨楽の耳を通り過ぎた。


雨楽は予定通り晴彦に代わり、双葉食品の平原《ひらはら》と昼食をとった。昼食会といいつつも、実際は商談で会っているようなものだ。

融通の利かない社長の晴彦より、穏やかな口調で対応の柔らかな雨楽のほうが話がしやすいのか、平原は前回会った時よりも饒舌《じょうぜつ》になっている。

「高野さん、食後のコーヒーでも飲みませんか？　ウチの取引先なんですが、ここから遠くないので。お昼のお礼には足りませんが、ご馳走《ちそう》しますよ」

昼食をとった店は『TAKANO』が所有する系列のレストランなので、実質接待だ。

大事な客先でもある平原に誘われ断る理由のない雨楽は快諾《かいだく》し、昼食をとった店から数分ほど離れた場所へ向かう。

「あ…」

『キャロル珈琲店』と描かれた看板に雨楽は一瞬立ち止まり、そんな彼の様子に気付かない平原は機嫌良く先に店のドアを開く。

「いらっしゃいませ」

静かな音楽と、つい深呼吸してしまいたくなるようなコーヒーの香り。場所こそ違うが、雨楽が好んで通っているあの店と同じ空気がこの店にもあった。

「実は私は今、ここのコーヒーに嵌《はま》ってまして。『TAKANO』の社長秘書さんには少々苦笑いの店かとは思いますが…まぁ半分敵情視察《てきじょうしさつ》のつもりで」

「せっかくお誘いくださったお店ですから」

おしぼりと水が通され、二人は出されたメニューを開く。そのメニューで口元を隠しながら、平原はテーブル越しにやや体を雨楽へ近付けて耳打ちする。

「実はこの店にご案内したのは、特に美味しくコーヒーを入れる腕のいいバリスタの店員がいましてね。その味を是非《ぜひ》高野さんにも飲んで貰いたいと思いまして」

平原の言葉に、雨楽は何故か週末に会った有澄を思い出す。

まさかそんな偶然などあるはずもないと、すぐに考えるのをやめてメニューを開く。

「上手なバリスタが淹れると、そんなにコーヒーの味は変わりますか?」

問う雨楽に、平原は照れ笑いしながら頷く。

「電流が流れるような衝撃はありませんが、美味いとは思いましたね」

「…それは、いいですね。期待してしまいます」

美味しそうに話す平原につられ、雨楽の中で有澄がおかわりをしてくれたコーヒーの味が感覚で蘇《よみがえ》る。平原はコーヒー好きとして知られている男なので、彼がそこまで言うのなら本当に美味しいだろう。

平原の勧めに従い同じものをオーダーし、コーヒーを待つ間に仕事半分の雑談になる。

「私どもは先代から取引させて貰っていますが、お二人とも自慢の息子さんだと伺ってますよ。御社が今伸びているのは社長の采配だけではなく、弟である高野さんのサポートも大きいと聞いています」

平原はそう言って、テーブルの上に乗せていた雨楽の手に自分の手を重ねた。雨楽は逆らわず、平原にされるがままにしている。

大胆な方針を打ち出して実行する、派手な晴彦の活動に隠れて目立たないが、そんな彼を支えているのは有能な秘書の存在だと言われている。雨楽の優秀さを身を以《もっ》て知っている平原には、秘書ではなくもっと相応《ふさわ》しい役職に就いてもいいだろう、というのが本音だった。

だが言われた当人の雨楽の反応は、想像に反して鈍い。

「恐れ入ります。私はまだまだ至りませんので、勉強しているところです」

やや俯《うつむ》きがちで遠慮深い言葉を綴《つづ》る雨楽に、平原の好感度は上がる。

「その慎《つつし》み深さの分だけ、高野さんの自信になればいいと思っていますよ」

「…ありがとうございます」

雨楽は重ねられていた平原の手に力が入る前に、自然に手を引いてから礼を述べた。

「お待たせしました」

そのタイミングを待っていたかのように、頼んでいたコーヒーが届く。

平原から見れば、雨楽がこのテーブルにくる店員に気付いて手を引いたようにしか感じられなかっただろう。事実、その通りだが。

…頼んだコーヒーは美味《おい》しかったが、雨楽が内心期待したほどの味ではなかった。


「想像とは違う味だったからってワケじゃないけど」

数日後、雨楽は自分に言い聞かせるように呟いた後、有澄と初めて会った『キャロル珈琲店』の扉を開いた。

今夜もまた控えめなBGMと共に、訪れた客達のざわめきが店内を満たしている。

自分もこの雰囲気の中の一部と思うと、雨楽の中で常に感じている疎外感が消えた。

こんなふうに感じるのはこの店にいるときだけで、雨楽の感情は実は疎外感などではなく、孤独であることに雨楽自身自覚はない。

訪れる客との距離を適度に取りながらもどこかアットホームな雰囲気に何故自分が安心す

るのか、家庭のぬくもりを知らずに育った雨楽には判らないのだ。

「…」

店内を見渡すと、有澄の姿は見当たらない。少しがっかりした気持ちのまま、雨楽は空《あ》いている席へ座った。

「いらっしゃいませ」

聞こえてきた声に顔を上げる。水とおしぼりを席へ運んで来たのは、有澄だった。

「あ」

驚きにも似た安堵に、雨楽の唇から思わず声が零《こぼ》れる。

「？」

有澄はグラスをテーブルに置きながら、礼儀正しく無言の所作《しょさ》で雨楽の次の言葉を促す。

「…いえ、何でもないです」

雨楽のほうといえば、まさか有澄自身を探していたのだとは言えず首を振るしかない。

そんな雨楽へ、有澄はにこりと笑った。

「では後ほどご注文を伺いに参り…」

「…あの！」

メニューを置いてテーブルから離れる有澄を、思わず呼び止めてしまう。

どこか優雅《ゆうが》に音もなく振り返った有澄は、再び雨楽の言葉を待った。

だが用があって声をかけてしまったわけではないので、言葉を探すようにメニューを開く。勿論そこには、今の雨楽に必要な言葉は書かれていない。

「…いえ」

再びなんでもないと言いかけ、代わりに別の言葉が滑り出る。

「あの…こちらでも、ハンドドリップでコーヒーを淹れたりする、んですか？」

目に止まったのは、見慣れたコーヒーのメニューだった。

「ご注文の時に仰って戴ければ、その時店で一番上手に淹れられる者が丁寧にお出し致します。追加料金は頂戴しておりませんので、一度お試しください」

「普段のものとは違うんですか？」

通常はオーダーが入ってから専用の機械でコーヒーを淹れて提供することを承知で、わざと訊いてみる。話せることなら何でもいい、そんな気持ちに突き動かされてのことだった。

「はい。普段のものはいつおいで戴いても同じ味がご提供出来るよう、自社で開発した専用のマシンでご注文の度に豆を挽き、お出ししています。当社自慢のマシンです」

有澄の口調は先日会った時とは違い、終始丁寧だった。だが穏やかなようでいてどこかふてぶてしさがあるような…見方を変えれば、個人で店を出しているベテランのマスターのような、自信に満ちた落ち着きを感じる。

自然な柔らかさで後ろへと撫《な》でつけられた清潔そうな髪、きちんとプレスされた動きやすく機能的な制服のデザインシャツ、そして汚れ一つない黒いロングのエプロン。姿勢もいいし、そうして立っていると撮影中の俳優のようだ。

そんな彼の整った顔立ちに見合った優雅な立ち居振る舞いのせいか、コーヒーチェーン店の店員というより高級ホテルにいてもおかしくない雰囲気を有澄は持っていた。

「ハンドドリップとマシンとでは…味は、違いますか？　たとえば、一番安いのをお願いしても？　先日来た時に出して貰ったおかわりのコーヒー、あれはどのコーヒーですか？」

覚えてはいないかもしれないと思いながらの雨楽の問いに、有澄は一瞬だけ考える素振りを見せてから静かな笑みを浮かべた。

「そうですね…口頭で説明するより、お客様が実際飲まれたほうが早いかと思います」

「ではブレンドをお願いします。ハンドドリップで」

雨楽が頼んだのは、平原と一緒に飲んだ時と同じものだ。

数日経っているが、味は覚えている。比較するにはちょうどいいだろう。

「かしこまりました。少々お待ち下さい」

カウンターへと戻った有澄は、そのまま奥の厨房へと消えていく。

姿勢正しい有澄の後ろ姿を、雨楽は頬杖をついてぼんやりと見送った。

「背があるけど鬱陶《うっとう》しい圧迫感ないのは、あの姿勢のよさからだろうな」

それからしばらくして、有澄は二つのカップをトレイに載せて戻って来る。

「お待たせ致しました。こちらが普段ご提供させて戴いておりますブレンド、そしてハンドドリップで淹れたブレンドです。飲み比べして戴きやすいよう、二つお持ち致しました」

どちらからでもと有澄に勧められ、雨楽は先にマシンで淹れたコーヒーに口をつけた。

結果を聞きたいのか、有澄は雨楽の席の前から離れずにトレイを持って待っている。

「…」

砂糖もミルクも足さずに飲んだブレンドは、普段知っている味だ。可も不可もない。だから何もコメントせず、今度はハンドドリップで淹れたカップに手をのばした。

「…あ」

一口飲んで、思わず小さな声が雨楽から零れる。そして再度確認するように二口目。

「あの…これ、同じなんですか？」

別の豆のようだ、と言えるほどの差ではない。だが明らかに何か違う。

「淹れかたが違うだけで、湯も豆も、そして量も同じです。味はお客様の好みにもよるとは思います。…どちらがお好きですか？」

雨楽の好反応に対し、有澄は嬉しそうな表情が零れた。

「ハンドドリップのほうが、ふくよかな味がしました。とても美味しいです。誰が淹れたんですか？」

雨楽は素直に褒《ほ》め、深いコーヒーの香りに思わずカップに向かって小さな笑みを向ける。

「ありがとうございます、私が淹れさせて戴きました」

そう言って有澄は上機嫌を表すように笑いながら、自分を指差す。

「…え？」

ぽかん、と見上げた雨楽に有澄は笑顔のまま繰り返した。

「このブレンドを淹れたのは私です。先日のコーヒーも私が淹れました。…そんなふうに笑って戴けるなら、本望です。作り笑いでも、ちゃんと笑えるかただとは知っていましたが、自然に笑った今の笑顔のほうがずっといい…ですよ？」

直前までの丁寧な物腰の対応はどうしたのだと喉《のど》まで出かかりながら、それよりも先にこの男は自分の笑顔などどこで見たのか興味のほうが勝った。

「俺の笑顔なんかどこで…」

少なくとも雨楽はいつも一人で訪れるこの店では当然、他の場所でもどこかで見られるほど笑顔は人前で見せていない。

どころか、見せる相手もいないのは誰よりも自分が知っていた。

笑っているのはせいぜい…。

「△店のハンドドリップのブレンドよりは、美味しいと思うんですが」

「…！　あの店にいたんですか？」

それは平原に誘われて一緒に入った店舗だ。会社から少し離れているため、雨楽はその時以外訪れていない。

　驚いた雨楽の問いに、有澄は頷く。

「私は研修中で、あちこちの店舗に行っているんです。あの店はここへ来る前の派遣先でした。業務の用事で行った時に、偶然お見かけしたので」

「では、あの時店で飲んだブレンドもあなたが？」

　いや、でも。初めてこの店で有澄に淹れて貰ったコーヒーのほうがずっと美味しいと思ったのだ。自分はコーヒー通でもなければ特に舌が肥えているわけでもない、せいぜい事業で関わっているために多少違いが判る程度だと雨楽は自覚がある。

　それでも、おかわりと言って出されたコーヒーは美味しいと思ったのだ。

　孤独に泣いていた心に、あたたかなコーヒーを届けたのはこの男からの気遣いだった。

「いいえ、あの店でご提供したのは私ではありません。…もっともお仕事中のコーヒーでは、ゆっくり味わうことも出来なかったかも知れませんが」

「とても美味しいコーヒーを淹れると、あの店を教えて貰ったんです」

　平原が以前飲んだのも、もしかしたら有澄が淹れたコーヒーだったのだろうか。

「デートでしたか？」

　あまりにも意外な問いに、雨楽は怪訝《けげん》そうに眉を寄せた。端整だが優しげな雨楽の顔立ちが幸いして、嫌味な印象は全くない。

「年齢の違うスーツ着た男同士が昼間からコーヒー飲みながら書類広げて、どうやったらそれがデートに見えるんですか…あなたもさっき、仕事と言っていたと思いましたが」

「仕事にかこつけたデートってこともあるかも知れません、かな、と」

有澄の返事は至って真面目《まじめ》で、ふざけているようには見えない。

「それでも…デートしているように、見えましたか」

本気で問い返した雨楽へ、有澄の返事は簡単明瞭《めいりょう》だった。

「いいえ」

「じゃあなんでそんなことを訊くんですか」

真っ直ぐな雨楽のまなざしを、有澄もまたそのまま受け止める。

「確認したかったから。…そうか、それでいいんですね」

「？」

「帰られる前にパウダールームで長い時間、触られていた手を洗っていたから」

「…！」

ガチャン、と、思わず触れたカップが音をたてた。

だが有澄は雨楽を見つめたまま、微動《びどう》だにしない。

「仕事で笑顔を見せるのは悪い事じゃない、むしろ必要不可欠なスキルの一つだとは思う。だけど俺の目から見たら、今の怒った表情のほうがずっと」

先ほどの物音に、周囲の女性客がこちらの席をチラチラと盗み見ていることを知っている有澄の声は低く抑えめで、近くにいる雨楽にしか聞こえない。

「ずっと…何」

注目された羞恥《しゅうち》で乱暴に訊き返した雨楽へ、有澄は不敵に笑った。

「…ずっと、自然であなたらしいと思う。作り笑いが上手過ぎてしまうと、作り笑いなのか本当に笑っているのか、自分でも次第に曖昧《あいまい》になってくる。だが自覚したら顔の筋肉が緊張して表情が不自然になり歪むから、そうならないように自分を騙《だま》すしかない」

まるで雨楽を知っているかのような言葉だ。

「どうして、そんなことを」

何故か判らないが、まるで手に取るように有澄が理解出来た。おそらく向こうもそうなのだろう、だからこそ警戒心も露わな雨楽へ、有澄は自分の右手を左胸にあてる。

綺麗な指先だな、と雨楽は場違いだと判っていながら左胸にあてられた有澄の右手をぼんやりと見つめた。…誰かの手を、そんなふうに感じた自分を不思議に思いながら。

「実は俺、人の心が読めるんです」

「…嘘だ」

思わず零れ出た言葉に、有澄は笑う。今度の笑みは、どこか慈悲深い優しさがある。

有澄はそのまま自分の言葉を素直に否定した。

「はい、嘘です」

「な…」

雨楽は言い返そうとしたがすぐにぎゅっと眉を寄せ、そのまま俯いてしまう。

言い過ぎてしまったかと、有澄はすぐに床に膝《ひざ》がつくほど腰を下ろして席に座ったままの雨楽を覗き込んだ。

「お客様…」

心配そうな有澄の耳に届いたのは、思いがけない言葉だった。

「…もし、あなたが本当に他人の心が読めるなら。反射的に否定したことをお詫びします。でもそうでないなら、よかった」

俯いたまま小さな声を絞り出す雨楽は泣いていない。だが、泣きそうな表情だ。

有澄はそんな雨楽へ手をのばしかけ、思いとどまる。女性を慰めるようにその髪を撫で、抱き寄せたい衝動を抑えるために自分の手を握り締めた。

「…何故？」

訊きたいことを、有澄は我慢しない。

「何故って…心が読めないなら、空っぽで汚い俺の心をあなたが見ずに済んだから」

流れるように自らを汚い心と呟いた雨楽の表情からは、今度は何も読み取れない。

「これは、俺の持論ですが」

「…？」

「お客様の言う『汚い心』なのは、人間は誰しもそうだと思います。綺麗《きれい》な心を持っているのだとしたら、それはもう人ではないんじゃないかと。清濁《せいだく》あってこそが人の心です」

普通の人がそうであるように、他人の心が読めない有澄にはそう言って慰めるしかない。

だけど雨楽の表情や仕種が、彼が重い何かを抱えていることを有澄に教えていた。

辛《つら》さに喘《あえ》ぎながら、辛いことにも慣れて諦めてしまっている…そんな表情。

だから全てが見えなくてもいい、もし片鱗《へんりん》でも彼の心を知ることが出来たら、雨楽がそんな表情を見せる理由が判るのに。

腰を落として気遣わしげに見つめる有澄へ、雨楽は小さく笑う。

自分で笑っていながら雨楽自身、それが本心か作り笑いなのか本当に判らなかった。

「あなたは、以前…怒りは相手への甘えだと言いましたよね」

「えぇ」

「だからかなぁ」

雨楽は小さく呟き、そして深く溜息を吐き出す。

「…何か、不快なことでもありましたか？　不本意な相手に手を握られた、とか？」

「いいえ、違います。それで相手が気持ちよく契約してくれるなら、手ぐらいいくらでも握らせておけばいいんです…って、一体どこから見ていたんです？」

「サラリーマン…いや、営業マンの鑑《かがみ》的な発言。今夜は仕事の帰りだったんですか？」

有澄に指摘され、雨楽はスーツ姿の自分の衣服を改めた。この店へ訪れる時は家に戻ってからなのでカジュアルな服装が多いが、今夜は会社帰りに別に立ち寄り先があったのだ。

「俺は営業部署ではないですけど。それはともかく…仕事帰りと言えばそう、なるのかな」

「…」

有澄が小さく首を傾げ、言葉を探す雨楽に先を促した。

晴彦に見つめられているといつも責められているようで、緊張で苦痛すら感じることがあるのだが、腰を落として自分を見上げている有澄のまなざしは違っている。

有澄に見つめられていると息苦しくて、落ち着かない気持ちになった。

苦痛ではない、何もかも見透かされてしまって、自分が裸になっているようだ。

抗《あらが》い難《がた》くて、逆らえない。だけど、甘く痺れるようなこの感覚は一体何だろう。

「家族…義兄に、会社の帰りに実家…家族がいる家に顔を出すように言われて。仕事を調整して行ってみたらちょうどあの人達が出かけるところに玄関で鉢合《はちあ》わせして」

「あの人達？」

「あぁ、家族です。義理の両親と義兄。皆で食事に行くことになったから、お前は来なくていいから帰れと言われました」

「…え？」

一瞬理解出来ず訊き返した有澄に、雨楽は小さく肩を竦めて繰り返す。

「俺は養子なんです。自分達だけで食事に行くから、俺は来なくていいと…」

「いやいや、そこだけじゃなく…！　だって最初に家に来いって言ったのは向こうだろう？来させておいて帰れって…おかしいだろう。呼びつけた本人はどうしたんです？」

「経緯は俺には判らないし、義兄は両親には逆らいません。気紛《きまぐ》れだったのか、何か両親と急な予定が出来たか…それに、別にこういうことは珍しくはないんです」

「それであなたは、そのまま帰って来たんですか？　相手から謝りの言葉もなく？」

「ええ。あの家に俺の居場所はないし、あの人達が帰ってくるのを待っていなくてはならない理由もないし…そもそも、帰れと言われましたから。その帰りです。あの人達が私に対し、何か謝ることはないです」

「…っ！」

有澄はぎゅ、っと再び自分の手を強く握り締める。

雨楽に触れたいのを我慢しようとしたわけではなく、憤りを鎮《しず》めるためだ。

「それは…怒るべきでは」

「不思議なことに、怒りを感じません。無駄足だったので多少がっかりはしましたが、それだけ。…だから以前あなたが言った『怒りは相手への甘え』というのが妙に納得して。俺はもう、あの人達に怒りを感じることもないのかと」

淡々と喋《しゃべ》る雨楽の表情には、理不尽な仕打ちに対しての怒りが見えない。

「…たとえ血が繋がっていなくても、その家に家族として迎えられたのなら相応しい扱いをされて然るべきだ。呼びつけておいて何もせず詫びの言葉もなく帰れと言われたら、赤の他人だって怒るだろう。話を聞いただけの俺ですら、腹立ってますよ」

養子縁組上の家族だとしても、あの家、あの人達…雨楽の言葉から、どれだけ家族との縁が薄いのか容易に窺《うかが》えた。

「あなたが怒ること、ないのに。俺のことで不快な思いをさせて、すみません」

だけど雨楽はこうして、憤る有澄に謝罪の言葉をくれる気遣いと優しさがあるのだ。

「俺の名前は、有澄です。有澄と言います」

「有澄さん？」

下の名前を繰り返した有澄に、雨楽は彼の左胸にあるネームプレートを見遣った。

そこに書かれている名前は『君和田』だ。

「君和田有澄さん」

雨楽にフルネームで呼ばれ、有澄は子供のように頷く。

「君和田だと長いので、下の名前の有澄でいいです」

「有澄さん。…あなたは家族と、人の情愛に恵まれて育ったかたなんですね」

雨楽は目を細め、しみじみと呟いた。彼の言葉に皮肉めいた含みなど、全くない。

「否定しません。俺は兄弟で一番不出来な息子ですが、それくらいは判ります。あなたは…お客様の名前を訊いてもいいですか」

「高…雨楽、と言います」

そう言って雨楽は、テーブルのペーパーナプキンに『雨楽』と綴った。

「雨に楽しいで、雨楽さん。…素敵な名前ですね。古いハリウッドの映画『雨に唄《うた》えば』みたいな名前だ。映画で主人公が雨降りの中、傘をたたんで歌い踊るシーンがあるんですよ」

有澄に名前を誉められたむず痒《がゆ》さで、雨楽は照れ臭そうに笑った。

「…どうも。有澄さん、映画お好きなんですか？」

「好きです、古いのから新しいのまでなんでも。暇さえあれば観に行くし、部屋で観てることも多いですよ。映画を観るのに、ちょっと大きいサイズのテレビを買ったくらいで…。俺の名前はアリスとも読めるので、雨楽さんの名前は羨ましいです」

有澄の言葉に雨楽はあぁ、と納得したように小さく溜息をついた。

その少し掠れた溜息は、有澄の耳には甘い吐息に響く。

「名前がアリス読みなら『不思議の国のアリス』になって、このお店にちょうどいいのに」

「俺達の名前をつけてくれたのは祖父なんですが、兄貴は類という名前なんです。祖父は『不思議の国のアリス』の作者ルイス・キャロルから因《ちな》んでつけたんだと思います」

有澄はそう言って笑い、興味を向けてくれる雨楽の表情が嬉しくて続けた。

「それにちょうどいいどころか、大当たりですよ。だって雨楽…さんがこの店へ来てくださって、今日もこうしてお話することが出来たんですから」

「ええと…ありがとうございます？」

どう答えたらいいのか、明らかに困った様子の雨楽へ有澄が苦笑する。

「何故そこで疑問系なんです？」

「そんなふうに、言われたことがないので」

「俺も、お客様にこんなこと申し上げたのは初めてです」

「…！」

驚きで瞬きを数回繰り返した雨楽は笑おうとしてぎこちなくなり、まるで顔に汚れがついているように手の甲で頬を拭う仕種を見せた。

「あ」

有澄が見たのは、そのまま手が途中で止まった雨楽の表情が笑いに崩れる瞬間。

反射的に作り笑顔になりかけて失敗し顔を隠したはずなのに、その下から本当の笑いが込み上げたのだ。

「有…澄さんは、面白いかたですね」

「あれっ。もしかして、誉められてます？」

「大絶賛ですよ」

そう言って雨楽は、笑い声をあげないように肩を震わせながら涙を浮かべている。

店内という配慮から抑えた声でひとしきり笑った雨楽は、深く息を吐き出した。

胸に抱えていた重苦しい何かを耐えるための溜息ではなく、笑いを我慢していた息苦しさと、気持ちが落ち着いた心地良い解放感からだ。

「…俺も、この店に来てよかった。帰れと言われて戻って来て。気にはしていないんだけど、でも気分があまりいいものではないから、こんな気持ちのまま一人の部屋に戻る気にもなれなくて…それでここへ来たんです」

「この店を、気分転換の拠《よ》り所として選んで戴いて光栄に思います」

丁寧に告げた有澄から、この店への誇りと愛情のようなものが伝わってくる。

有澄の言葉に雨楽は、目の前にある二つのカップへ視線を戻した。

「このコーヒー一杯の料金で、客がお店の人からそんな言葉を貰えるのだとしたら。もっとコーヒーの料金を高くするべきですね。ハンドドリップのサービスだけでも相当なのに、メニューに書いてあるコーヒーの料金全額を店員さんの感情労働賃金に充《あ》てても、きっとまだ足りませんよ。料金の改定を提案致しますが」

「それは、店の者にとって最高の賛辞です」

「この店の優しい雰囲気と有澄さんの淹れてくれたコーヒーと言葉が、真っ直ぐ家に帰りたくなかった俺の気持ちを軽くしてくれました。心から感謝します。…こんな気持ちにさせて貰えるなら、帰れと言われてよかった」

雨楽はそう言って、ふ…っと再び笑みを零してから有澄が淹れたコーヒーを傾ける。

「…」

ブラックで飲むコーヒーだが、有澄の優しさが溶け込んでいるようでとても甘い。

「では次は。楽しい気持ちの時も、お店へいらしてください。きっともっと楽しい気持ちでお帰りになれるよう、美味しいコーヒーと快適な時間をご提供させて戴きます」

「ありがとうございます」

有澄の言葉に雨楽は、本心の笑みを返した。


「あれ？　俺の名刺使わないんですか？」

精算時レジを担当した有澄の言葉に、支払いをするために財布から紙幣だけを出していた雨楽は頷いた。

「これがあれば、また有澄さんに逢《あ》え…確実にコーヒーを淹れて…まあ、そのうち」

自分が何を言おうとしたのか途中で気付き、雨楽の語尾はごにょごにょと消えていく。

チケットがあれば、それを理由に有澄に逢うことが出来るのだ。

「ご利用は無期限ですが、もしどこかになくしてしまった時は…また差し上げます」

「…ありがとう」

聞き流してくれた有澄に半分安堵しながら、雨楽は礼を述べた。

そしてすぐ聞こえてきた呟きに、顔を上げる。

「俺にも、チケットがあったらよかったのに」

「コーヒーのチケットですか？」

勤務している店員が、この店のコーヒーを飲むことは出来ないのだろうか？　そう思って手を止めた心配顔の雨楽へ、有澄は肩を竦めた。

「違います、雨楽さんに逢える…口実になりそうな、チケットです」

「…！」

まさかそんなことを言われるとは思わず、無防備だった雨楽の頬が薄く朱に染まる。

言ったほうの有澄は澄ました表情で代金を受け取り、レジを操作していた。

「ええと…」

その間雨楽はどう言えばいいのか悩み、そして有澄からお釣りを受け取りながら控えめで小さな声で呟く。

「チケットはありませんが、また…来ます」

「俺のシフトは週末なんです。…お待ちしています、絶対来てください」

「判りました、必ず」

承諾に頷いた雨楽へ有澄は嬉しそうに笑い、自らドアを開けて外まで見送った。

仕事柄同じ行動時間になる晴彦と雨楽は、自然昼食も一緒にとることが多い。

外回りに出ていた二人は帰社する前に、早めの昼食を取ることにした。

昼間の市街地では車の移動が不自由なので、適当なコインパーキングに停めてから徒歩で商業施設に向かう。

「雨楽、何が食べたい？」

珍しく訊いてくる晴彦に内心驚きながらも、雨楽は隣を歩きながら口を開く。

「社長のお好きなもので。まだ時間が早いので、今なら何処《どこ》でも入れます」

「…パスタ」

「判りました。どこか行きたい店はありますか？」

「お前に任せる」

神経を使う仕事が続いたせいなのか、晴彦はこのところずっと機嫌が悪い。

かといって駄々っ子のように仕事をしないわけではないので、雨楽は何も言わなかった。

フロア案内で教えて貰ったパスタの店に向かうと、まだ並びも出来ていないようだ。

「…」

だが店へ向かおうとする雨楽の隣で、突然晴彦が立ち止まってしまう。

「社長？」

「やめた。パスタの店はやめる。他のにしろ」

「…。はい。食べたくない物は、何かありますか？」

食べたい物は？　と訊くと『任せる』と言われ、店を選ぶと気に入らないと言う晴彦の我が儘《まま》な性格を心得ている雨楽は、ＮＧを先に訊いてしまう習慣がついている。

「蕎麦《そば》以外。そうだな…鰻《うなぎ》にする」

晴彦は首を巡らせ、目に着いた鰻の店を指差すと先に歩き出した。

店に入り案内された席につくと、晴彦は不機嫌そうに息を吐き出す。

「…お前は、自分の意思はないのか」

「意思…ですか？」

「鰻にされて、よく平気でいるな。お前、嫌いだろ」

雨楽は鰻が苦手だった。食べられないわけではないが、積極的には食べようとしない。

…晴彦が雨楽の苦手をいつ知ったのだろう。知っていて、この店を選ぶのが晴彦だった。

「私は特に食べたいものがあるわけではないので…社長が決めて下さる分、助かります」

「お前に決めさせても、俺が反故《ほご》にするから面倒なんだろう？」

「そんなことは…」

どうやら今日も晴彦は虫の居所が悪いようだ。

こんな時の対処は知っている、嵐が過ぎるのを待つように晴彦が飽きるまでただじっとやり過ごすしかない。

だからそうしようとした雨楽だったが、今日は違っていた。

「…お前は好きな色とかないのか？」

「好きな色…ですか？　さあ、特にありませんが…」

一体今日はどうしたのだろう。

これまで雨楽に対して興味を持ったことなど、晴彦はただの一度もない。

だから晴彦の意図が判らない雨楽の様子に、晴彦の眉が不機嫌そうに寄せられる。

「俺に好きな色を教えるのも嫌なのか？」

「…違います」

「先日家に呼びつけられて、なのにいきなり帰れと言われて…結局お前はそのまま家に上がらずに帰ったそうだな。俺が帰ってくるのを待たずに、何故帰った？」

精悍《せいかん》な顔立ちのせいで、晴彦の不機嫌そうな表情はより感情的に見える。

「待っていろと言われなかったので。…家で待っていたら、ご迷惑ではと思ったからです」

コツコツと爪《つめ》でテーブルを叩《たた》く音も耳障りで、詰問調の晴彦からまるで尋問《じんもん》を受けているように感じてしまう。だから圧迫感を感じて萎縮《いしゅく》し、必要最低限の言葉しか出てこない。

仕事を挟まない限り、晴彦との会話はいつもこの調子だった。

「俺に訊きもしないで、迷惑かどうかもお前が知るわけがないだろう。俺が呼んだら、家に来い。そして部屋で待っていろ。好き嫌いも自分で判らない、訊かれたことに満足に答えられないクセに、勝手な判断はするな」

「…すみません」

俯きがちに謝る雨楽の様子に晴彦の苛立ちが募るのが、テーブル越しに伝わってくる。

だが雨楽にはどうしていいのか判らない。

何を言っても晴彦は機嫌を悪くする一方だし、事実その通りだった。

「雨楽…お前、私とプライベートな話をするのはそんなに嫌なのか？」

「違います…そんなことは」

むしろ会話が嫌なのは晴彦のほうではないのか？　言いたい言葉を雨楽は飲み込む。

さっきの言葉といい、はたしてこれが兄弟の会話と言えるのだろうか？

先日自分を励ましてくれた有澄と名乗った珈琲店の彼とのほうが、ずっと自然に会話をしているように思う。…たとえ向こうが接客としての会話だったとしてもだ。

…有澄とならば、とても気が楽に話が出来た。

「父さん達も、どうしてお前を養子にしたのか判らないな」

先日の店でのことに思いを馳《は》せていた雨楽は、晴彦の忌々《いまいま》しげな溜息に我に返る。

「…それは、私も思います」

「こんな時ばかり、お前はすぐに返事するんだな」

晴彦は吐き捨てるようにそう言うと、注文を取りに来た女性に勝手に二人分の定食を注文してしまう。

これが、家族であるはずの雨楽と晴彦の日常だった。


「室長、コーヒーをどうぞ」

秘書室で仕事をしていた雨楽は、室井の声にパソコンから顔を上げる。

「ありがとう、忙しい時に悪いね」

雨楽からのねぎらいの言葉に、他の社員のカップもトレイに載せていた室井は一瞬驚いたような表情を浮かべてからいいえ、と笑みで答えた。

午後も過ぎた秘書室では、数人がデスクワーク中だ。

外は近付いて来ている台風の影響で風雨が強く、都内では警報《けいほう》が出ている。

特に忙しい時期ではないので、のんびりとした雰囲気で各々《おのおの》の仕事を片付けていた。

晴彦は明後日まで休暇を取っている。休暇中は余程の用ではない限り、連絡もしないようにと告げられていた。午後も過ぎ、今日はこのまま晴彦を呼び出すことはないようだ。

上司である晴彦が休暇を取って休んでいるため、フロアの雰囲気も穏やかだった。

「そういえば室長は、この会社へ入社した時は営業部に配属されていましたよね？」

「ええ、どんな会社なのか知る必要があると、勉強させて貰っていました」

「特に難しい貿易で、新人の中でも飛び抜けた営業成績だったと聞きましたよ」

室井の言葉は本当だ。雨楽自身は自分が営業で残した業務報告書通りとは思っていなかったが、実際ひいきなく新人の中でも期待以上の好成績を残していた。

特に貿易部門では、雨楽が経営者一族の一人だと承知でこのまま彼を貿易の営業に欲しいと役員達に直談判に来た社員もいた。その社員が仕事のノウハウを雨楽に教えている。

だが晴彦はもう充分に勉強はしただろうと、半ば強引に雨楽を以前から予定されていた秘書室へ転属させていた。

「この秘書室に来られてからはスケジュール調整もスムーズで、社長もお仕事がしやすそうですし。会社全体の成績も上がっています。やっぱりご兄弟だと息が合うんですね」

「…」

事情を知らない部下の言葉に、雨楽はどう答えていいのか判らない。

そんな午後のお茶に一息ついている秘書室へ、内線が入った。

「はい、秘書室です。社長は本日休暇を…はい、少々お待ち下さい」

電話をとった部下の一人が、困惑気味に雨楽へと顔を上げる。

「室長、営業からの内線ですが大手取引先へ納品ミスがあり、社長に急用だそうです。営業部長も今日は出張中で不在で、至急対応を相談したいと」

報告を聞きながら、雨楽は手元のパソコンを操作する。画面に現れた社内在席状況の一覧を見ると、営業関係の上層部は今日は殆《ほとん》ど出払ってしまっていた。

昨日からのこの悪天気に、休みを取っている者も多い。

「判りました。私が替わります。…お電話替わりました、室長の高野です」

電話をかけてきた営業は、代理店と取引をしている部署だった。

課長からの報告内容に雨楽は一旦電話を切って、すぐに晴彦へと連絡を入れる。

休み中は出来る限り連絡を入れるなと念押しされていたが、状況的にやむを得ない。

電話に出た時は何故か機嫌のよかった晴彦だが、クレーム対応の内容と知ると明らかに不機嫌な口調へと変わっていく。

『双葉食品へ納めた商品の納品書が、代理店への納品書と入れ替わっていた?』

「はい、封筒の宛先自体はあっていて中の納品書だけが入れ間違えていたそうです。商品は発注書通りでしたが、単価が代理店のほうが安い納品取引でした」

『…!』

「社長もご存じの通り、双葉食品さんは以前からの大口取引先です。単価も最安値で対応するお約束になっていましたから、こちらで至急対応《フォロー》の必要があります。対応可能な営業部長は所長と北海道へ出張中で、今連絡が取れません。…お休み中大変申し訳ありませんが社長、すぐに本社へ来て戴くことは出来ますか？」

雨楽の問いに、晴彦は深い溜息でそれが難しいことを告げる。

『私もすぐに帰るのは難しい。…今、沖縄にいる』

「沖縄…」

雨楽の呟きに、秘書室にも緊張が走る。状況を聞く限り、営業の担当者と上司の課長だけで即日出来る対応では難しい案件だ。

営業部長、もしくは営業所の所長がいれば彼らが会社の代表として謝罪し、今後の取引で多少こちらが自腹を切る形でも好条件を提示することで溜飲《りゅういん》を下げて貰うことも出来る。

しかし上二役だけでなくその上の社長までも不在だと、相手が納得出来る謝罪が出来る者がいなかった。それが事実であっても謝れる上司が不在で営業と課長だけではお詫びに行けない、とは言えないのが会社だ。

晴彦が沖縄と聞いて、秘書室の男性社員が即座に雨楽のパソコンへフライト状況の情報を転送する。最悪にも、もっとも台風の影響が強い沖縄では、ほぼ全便が欠航になっていた。

「営業からは上役同伴の謝罪を希望しています」

『だろうな。担当者だけで詫びに行っても、相手の怒りはおさまらないだろう。…雨楽、お前が双葉さんへ連絡を入れて、営業と一緒に行け』

「…ですが、私で先方が納得するでしょうか」

『かといって他部署の役員を連れて行っても、とってつけた対応でしかないだろう。役員としての肩書きはないが、室長なら部長クラスに匹敵する。社長の弟であるお前なら、相手もメンツが立つ。お前が行って頭を下げてこい』

「判りました」

『…判っているとは思うが、絶対失敗するようなことはするな』

そして雨楽が切るよりも先に、晴彦から通信が切れてしまった。

無言のまま通話ボタンを切った雨楽へ、室井が心配して声をかける。

「社長はなんて仰っていましたか？」

「私が社長の代わりに行ってくることになりました。…先に双葉食品の平原部長へ連絡を入れ、営業と一緒に行ってきます。すみませんが営業へ連絡して、すぐに打ち合わせを」

「判りました。こちらで先方へお持ちする菓子折もすぐに用意させます」

「お願い致します」

雨楽の指示に機敏《きびん》に動く秘書室の社員達へ声をかけてから、雨楽は出かけるより先に謝罪をするために双葉食品の平原へと電話をかけた。

…その日は、平日のシフトは殆ど入れることがない有澄が、本当にたまたま人手不足の手伝いで入っていた。

東京直撃を避けた台風は太平洋で熱帯低気圧となったのだが、すぐに追ってきた低気圧で雨がずっと続いている。

こんな雨の日は客足が鈍りがちだが、店内は普段の七割程度の集客で落ちついていた。

店には先日事故に遭って骨折した女性が病院の帰りに寄ったと、たまたま店内で会った顔見知りの人々と軽食をとりながら談笑している。

「いらっしゃいま…」

入店を告げるチャイムが鳴り、入り口へと顔を上げた有澄は雨に濡れたスーツ姿の雨楽を見つけた。時刻を見るとまだ夕方の四時過ぎだ。

「雨楽さ…」

こんなタイミングで雨楽に逢えた偶然に内心歓喜しながら出迎えようとした有澄の耳に、強い牽制《けんせい》の声が響いた。

「あなた、この店に何しに来たのよ!」

声をあげたのは、以前骨折した女性・相田と一緒に話をしていた中年の女性だ。

「…」

店に入った途端、大きな声で責められた雨楽のほうは何のことか状況が判らず、出入り口の前から動けない。

「あなた、『TAKANO』の社員でしょう⁉」

「…そうですが、何か」

ヒステリックな女性と対照的に、雨楽の声は静かなままだ。

「私見たんだから！　相田のお婆ちゃんを転ばせて、怪我させたじゃない！」

そう言って女性は、向かいに座るまだギプスと松葉杖が取れない女性を指し示した。

雨楽は首を巡らしてから、再び自分を責めている女性へと向き直る。

「申し訳ありませんが、あの女性に覚えがありません」

「何言ってるの、私はちゃんと見たんだから。あなたが『TAKANO』の車でクラクションを鳴らして、それでお婆ちゃんが驚いて転んで骨折したのよ⁉　ハンサムが災いしたわね、私自分の車から見ていたけど、あなたの顔をちゃんと覚えていたんだから」

「…あぁ」

それは女性の言葉に思いあたっての相槌《あいづち》だったのか、自分の容姿に対する自覚の言葉だったのか周囲の者には判断がつかない。

「お客様、どうかなさいましたか」

見かねて間に入った有澄を、雨楽を責めていた女性は押しのけた。

「ちょっとどいて店員さん！　この男が相田のお婆ちゃんに怪我をさせたのよ。なんで『TAKANO』の社員がこの店に来るのよ」

「……」

まくしたてる女性に対し、雨楽は雨に濡れたまま言われるに任せている。

その顔からは責め言葉を甘受しているのか、お門違《かどちが》いの話だと無関心なのかどちらか判らない。

だが有澄だけは、それは雨楽の防御なのだとすぐに察した。

彼はちゃんと女性の話を聞いている。

「転ばせたのはあなたでしょう？　違うの？　さっきから黙ってないで答えなさいよ。答えられないのは肯定しているから？」

そう訊きながら、興奮気味の女性の口調は雨楽が犯人だと断定していた。

濡《ぬ》れて滴《したた》る髪を掻《か》き上げてから、雨楽は小さく首を傾げた。

「もし私がその女性を転ばせた人間だったとしたら、どうするんですか」

「決まっているじゃない！　謝りなさいよ！」

「証拠は？」

「えっ？」

「私がその女性を横転させたという、証拠はあるんですか？」

「私が現場を目撃したのよ！　これ以上の証拠はないわ。第一自分ではないと否定しない時点で、あなたが自分でやったと認めているようなものじゃない」

「お客様。他のお客様のご迷惑になりますので、お声を少し小さくして戴けますか？」

今度は仲裁に入った有澄へ、雨楽の対応に納得がいかない女性が不満の矛先《ほこさき》を向ける。

「何言っているのよ店員さん、この男はこのお店の商売敵《しょうばいがたき》の社員なのよ？　敵情視察に来ているに決まっているわ！　それにこの店の常連のお客さんが怪我をさせられたのよ!?　私じゃなくて店の人が怒っていい話じゃない！」

「それは…」

言いかけた有澄に雨楽の声が重なる。静かだが、瑞々《みずみず》しい張りのある声だ。

「その店員さんに言いがかりを付けるのは筋違いです。この店は全く関係ないでしょう」

「言いがかりですって？　私はあなたの非道《ひどう》を正し、詫びて貰おうと…」

「ではお怒りになるのでしたら、私だけにしてください。大声はこのお店に迷惑です」

雨楽はそれだけを言い置き、入ってきたばかりの店の扉を開く。

「雨《う》…お客様…！」

雨楽の名前を呼ぼうした有澄は、だが咄嗟にこの女性に名前を知られてしまうのはよくないと警戒《けいかい》が働いてやめる。

「…お騒がせしてすみません、帰ります」

呼び止められた雨楽は有澄を振り返ったが、そう短く告げると店を出て行ってしまう。

中年の女性はこの店に来たスパイを追い払ったと勝ち誇った表情を浮かべていた。

「結局あの男、自分はしていないと否定しなかったじゃない。ねぇ、お婆ちゃん」

「…」

話を振られ、座っていた女性は物言いたげな様子で僅かに口を開いただけだった。

有澄は雨脚が強い外へ、傘のない雨楽を追う。

「…待って、雨楽さん！」

シャワーのように叩きつける雨の中、有澄は早足で去ろうとする雨楽の腕を捉える。

雨楽はその腕に逆らわず、有澄へと振り返った。

「すみません、有澄さん」

「何を謝っているんです？　それより雨楽さん、傘は？」

「ありません。すみません、やったのは俺です」

「そんなのはいいから…！　俺の傘を貸しますから、それを使って下さい。来てください、濡れた髪も拭いたほうがいい」

有澄は言い置き、摑んだ腕を離さないまま半ば強引に店舗の裏にある関係者用の出入り口へと雨楽を連れて行くとICカードでドアを開き、雨で濡れることがない中へ招き入れる。

「有澄さん、駄目です。関係者ではない俺がこの場所に入るのは…」

ここがどんな場所か察した雨楽は慌てて止めようとするが、有澄は全く気にせず奥の休憩室へと連れて行ってしまう。

休憩室は思いがけなく広く、三人掛けのソファとテーブルが置かれている。ロッカーなどが室内には見当たらないことから、更衣室は別にあるようだ。

「店のほうへまわったら、またあのお客様に絡まれますよ。ここには盗まれるような物は何もないし、イレギュラーのお客様対応ですってことで。…いいな、今の」

「え？」

つい唇から零れ落ちてしまった言葉に、有澄は自分の口元を手で押さえた。

「いや、ついうっかり本音が」

「？」

何のことか判らず首を傾げる雨楽を、有澄は口元を押さえたまま横目で伺う。

「はしたないって雨楽さんに嫌われるので、言いたくないです」

「すみません…俺、鈍いのでなんのことか判りません」

項垂《うなだ》れてしまう雨楽が気の毒になってしまい、有澄は続けた。

「…雨楽さんのちょっとハスキーな声で駄目って言うの、反則だと思っただけです。どうせなら別の場所で、別の意味で聞きたかったな、と」

「え…？　あー…いや…そんなことは、ないです…嫌《きら》ったりは」

思いがけない有澄の言葉に、今度は雨楽のほうが上手に受け流せなくて慌ててしまう。

「有澄さんを…嫌ったりなんて、しません」

だからそう改めて告げるのがやっとだった。

「すみません、不謹慎《ふきんしん》なことを」

嫌ったりはしないと言われ、有澄は嬉しさに舞い上がりそうになりながら雨楽の腕からそっと手を離した。雨楽のほうは熱い頬を自分の手の甲で押さえている。

「すぐにタオルを持ってきます…って、雨楽さん、それどうしたんですか？」

「えっ？　あ…」

気付かなかったが、雨楽の頬が赤く腫《は》れていた。それは羞恥で染まった頬の色ではない。よく見ると、口の端も僅かに血が滲んでいる。

「すみません、仕事でちょっとうっかりしただけです。大丈夫です」

そう言って雨楽は、今度は腫れた部分を隠すように手を遣った。

「俺、店長に雨楽さんがここにいらっしゃることを伝えて来ます。すみませんがこのまま少しだけ待ってて貰えますか？」

「…はい」

雨楽が目線を避けるようにしながら頷いたのを見届けてから、有澄は部屋を後にする。

そして次に戻って来た時はタオルと洗ってあるTシャツ、トレイにはコーヒーが入った二つのカップと濡れタオルでくるんだ保冷剤《ほれいざい》まで持参《じさん》していた。

「雨で冷えないよう、コーヒー持ってきました。タオルと…俺ので申し訳ないんですがTシャツです。さすがにこの店の俺の制服のシャツはお貸し出来ないので、これで許して下さい。ズボンまでは換えがありませんが、上だけでも。それからこれで頬を冷やして下さい。腫れると痛みますよ、それ」

「いえ、俺はタオルだけお借り出来れば」

せいぜいがタオルと傘を貸してくれるものだと思っていた雨楽は、差し出された着替えにすぐに手が出せなかった。そんな雨楽に有澄は押しつけるようにシャツを受け取らせる。

「店長にあなたがここにいる許可は貰ってきましたから大丈夫です。そのままでは風邪をひきます、俺が心配なので着替えて貰えませんか。着替えの間俺、外に行きますから」

「…」

雨楽はつい受け取ってしまったシャツと、真剣なまなざしで自分を見つめている有澄の顔と交互に見比べてから、やがて申し訳なさそうに小さく頭を下げた。

「すみません…ではお言葉に甘えて、お借りします」

有澄に気遣われた恥ずかしさと申し訳なさで頬が熱く、雨楽は顔が上げられない。

「あ、じゃあ俺は外へ…」

部屋を出ようとした有澄を、雨楽が呼び止めた。

「いえ、いてくださって大丈夫です。どうせ男同士だし」

「いいんですか？　かなり邪《よこしま》な目で雨楽さんの着替えを見ちゃいますよ？」

九割本気の有澄の言葉を冗談だと思ったのか、雨楽は頷いて承諾《しょうだく》してしまう。

「俺にそれほどの魅力があるとは思えませんから。着替えにがっかりしてください」

そう言って雨楽は有澄の前で躊躇《ちゅうちょ》することなくスーツの上着を脱ぎ、締めていたネクタイも指をかけて緩める。

脱いだ濡れたワイシャツと下着代わりのTシャツの下から現れたのは、引き締まった雨楽の上半身だった。痩せてはいるが華奢《きゃしゃ》でも軟弱でもなく、バランスのよい体をしている。

「…意外に白いですね。色白ってほどではないですが」

「う…言わないで下さい、結構コンプレックスなんです。日焼けしても赤くなるだけであまり焼けなくて。まあデスクワークのせいもあるんですが」

色白だが病的ではない雨楽の肌は柔らかな象牙色《ぞうげいろ》で、内側から光沢があるような肌理《きめ》の細かい滑らかさがあった。…触れれば、しっとりと手のひらに吸いつくような。

清潔そうなうなじから緊張のある背中、そして腰へと引き締まった適度な筋肉が覆い、絶妙なラインを描いている。

けして筋肉質ではないそのラインは禁欲的《ストイック》な印象があり、独特の艶《つや》を雨楽に与えていた。

…そう見えてしまうのは、自分に彼への邪な想いがあるからだけではないと有澄は思う。

「お借りします」

雨楽は改めて礼を言ってから、有澄のTシャツを羽織った。

「…」

乾いて清潔な有澄のシャツの心地好《よ》さに、濡れた衣服が肌に張りつく不快感に正直辟易《へきえき》していた雨楽はほっと息を吐く。

「そうだ、有澄さん…フロアのお仕事があるのに」

「まだ忙しい時間でもないし、大丈夫です。コーヒー一緒にどうぞ」

そう言って有澄は雨楽を促し、並んでソファに腰をおろす。

有澄は隣に座った雨楽の頬へ、保冷剤が巻かれた濡れタオルを押しつけた。

「腫れが引くまで、少しこれで冷やして下さい」

咄嗟にのばした雨楽の手が、保冷剤を持っていた有澄の手に重なるように触れる。

雨楽が落ちないように濡れタオルを支えたのを確認するように、改めて有澄がその上からもう一度手を重ねて離れた。

「雨楽さん、お仕事の帰りだったんですか？」

「えぇ、そんなところです。午後に取引先にまわって…ちょっと会社へ戻る気がしなくて、そのまま帰ることにした、というのが正確なところですが」

「その頬は、その時に？」

暗に取引先相手に殴られたのか？　と訊《たず》ねる有澄へ、雨楽は首を振る。

「違います、出る前で…先さんでのことではないですよ。…仕事でしくじりました」

「…」

じっと横顔を見つめ、その理由を無言で問う有澄に雨楽は何故か逆らえなかった。

本当は有澄に聞いて貰いたくてフラフラとスーツ姿のまま店へ寄ってしまったのだ。

違う、こんなみっともない話聞いて貰わなくていい、ただ有澄の顔が見たくてたまらなくて店のドアを開けた。冷静に考えれば、本来有澄はいない時間なのに。

だから彼《有澄》が店にいるのを見つけた時、舞い上がるくらい嬉しくなった。それと同時に泣き出しそうな気持ちも突き上げていたのだ。

「ええと…先日上司が不在の時にクレームの対応を任されたんですが、私がしたことがあまりスマートではなくて。上司の逆鱗《げきりん》に触れたんです」

「それで殴られたんですか？　自分の会社の上司に？　取引先で暴言でも？」

不快も露わに眉を寄せる有澄へ、殴られた当事者である雨楽のほうが申し訳なくなる。

だから頭で判っているのに、言わなくてもいいことまで有澄に話してしまう。

「仕方がありません。その時は取引先さんの怒りを鎮めなければと、そればかり頭にあって。自分のとった行動が上司には不快に感じるとまで考えが至らなかった、俺のミスです」

「本来その上司がやらなければいけないことを肩代わりしたのに、何故殴られたりしなければならないんです？」

「そういう役目なんです」

「役目って…」

心配する有澄へ、雨楽は顔を上げて真っ直ぐ見つめる。

「そのために、俺はあの会社にいるようなものだから。卑屈《ひくつ》な意味ではなく」

「至らない上司の責任を押しつけられ、気に入らないと殴られるのに甘んじる役目？」

雨楽は怒りを抑えた有澄の言葉を、困った表情で聞くしかない。

「普段は…理不尽なことをする人では、ないんです。だからやっぱり俺が悪いんですよ」

「たとえ仮に、本当に雨楽さんが相当《そうとう》の無能《むのう》だったとしても…！　自分の手足に等しい部下に手を上げるのは上司として失格だ。訊かれる前に理由を言いますが、部下が失敗するのは上司の采配ミス以外にないからです」

有澄の言葉は強く、迷いがない。

「さっき店で言われたことは、本当なんです。…運転中にわざと後ろからクラクションを鳴らして、あの足腰の弱いお婆さんを転ばせたんです。俺の本質はそういう人間だったとしても、有澄さんは同じことが言えますか？」

「では何故雨楽さんは、クラクションを鳴らしたんですか？　足腰が弱っているお婆さんだと知っていて、どうして？」

「…！」

まさか訊き返されるとは思わなかった雨楽は、有澄の言葉に返答に窮《きゅう》して息を飲む。

「今みたいに上司も、雨楽さんがその対処を選んだ…選ばざるを得なかった理由を訊いてくれましたか？　訊いた上でそれでも納得が出来ず、手を上げたんですか？」

「有澄さん…」

「采配ミスというのは、そういう意味です。不本意な対応をしかねない部下を行かせた上司の。そして望む対応はこうだったと、善処すべき点の説明や指導はありましたか？　…一言でも、雨楽さんに自分が負うべき重荷を一時でも負わせた労いは？」

「…すみません」

答えられずに俯いてしまった雨楽の寂しそうな横顔にたまらなくなって、有澄は思わず膝の上に行儀よく置かれていた彼の手に自分の手を重ねた。

「すみません、俺のほうこそ。雨楽さんを責めたつもりじゃなかったんです、つい…」

「いいえ、不謹慎ですが…そんなふうに怒ってくれた人が、今まで自分の周囲にいなかったので…その、驚いてしまって。自分は言われて当然の人間だと、思っていたので」

雨楽の言葉から殴られるまでは至らないにしても、今回のような扱いが日常的なことが窺《うかが》える。そのことに対して当たり前と思っている雨楽に、有澄はもっと胸が痛んだ。

「どれだけ無能でも、暴力に訴えて改善出来る教育…あえて教育と言わせて貰いますが、対応はないですよ。力関係がはっきりしている強い立場からの暴力ならなおさら。相手が逆らえないと判っていての行為はタチが悪過ぎる」

「有澄さんがもし会社の上司だったら、部下達は安心して仕事が出来ますね」

嫌味ではなく、素直な雨楽の気持ちだ。

「俺は現場が好きだし基本やりたいことしかやらないので、案外管理職は向いてないです。まあ俺のことはともかく…雨楽さんの周囲にいる人間が、それは不当な扱いだと…誰かあなたに教えてくれなかったんですか？」

「もともとその立場を望まれて、与えられたポジションです。その憂さ晴らしに、お婆さんにクラクションを鳴らしたのだとは…有澄さんは考えないんですか？」

違うから、有澄ははっきりと首を振る。そっと重ねている雨楽の手が、緊張で冷たい。

「俺、雨楽さんのことはほぼ全く知りません。店に来て貰ってやっと逢えるだけですから。…でも、そんな俺でも雨楽さんがそんなことをする人間ではないことくらい、判る」

「それは、かなり俺のこと買い被《かぶ》りすぎです」

覗き込んで見つめる有澄のまなざしを、雨楽は目を逸らすことも出来ずに見つめた。

「本当に悪い人は他人によく見せたいから、自分から悪い人なんて言わない。それに多分、あなたはわざわざ誰かに意地悪するほど暇を持て余しているようには…見えないです」

「…！」

「俺のこと、なんにも知らないクセに。そんな顔してる」

「いえ…有澄さんに俺、勘違《かんちが》いさせてしまっていたらと思うと。…俺は本当に、あなたにそんなふうに言って貰えるような人間では、ないんです」

遠慮がちな雨楽へ、有澄の答えはいつも簡単だった。

「うん、俺もそう。…さっきも言いましたけど。俺、雨楽さんのことを知らない。だから、あなたのことをもっと知りたい。知らないで誤解したくないし、知って…」

「知って？」

有澄は一度言葉を切り、んーっと珍しくちょっと選ぶような仕種を見せてから、子供のように笑いながら続けた。

「やっぱり俺の勘違いじゃないし、買い被りでもないだろうなって確認したいかな、と」

「有澄さん…どうして」

「えーと、気持ち悪いかもって思われるかも知れないけど。初めて逢った時にもそう思ったんですが。雨楽さんって、いい匂いがするんです。だからかなあ」

「…は？」

遠回しに自分の体が臭いのかと、雨楽は思わず腕を上げて自分の匂いを嗅いでみる。

借りたTシャツから鼻腔《びこう》をくすぐったのは自分も知っている柔軟剤、それと共にかすかな有澄の匂い。

「…」

「あ、固まった」

これまで自分以外の誰かの匂いなんか意識したことなどなかったのに、それが妙にセクシャルに感じてしまって雨楽はシャツの匂いを嗅《か》いだ格好のまま動きを止めていた。

「ちゃんと洗濯してあるシャツだから、大丈夫ですよ…臭くないと思いますが」

「…柔軟剤以外、匂いしないです」

「それならよかった」

自分の頬がまた熱くなるのを感じながら、雨楽はぶっきらぼうにそう告げて腕を降ろす。

それは、嘘だった。

有澄が言ったとおり、いい匂いが、した。だがそれって…。

「セックスの相性がいい相手って、いい匂いがするって言いますよね」

「…!」

自分が思っていたことを見透かされたようで焦《あせ》る雨楽と、思ったことを素直に口にする有澄は対照的だった。

「まあ厳密にはフェロモンの関係で、異性間で自分に遠い遺伝子情報を持つ相手の体臭がより魅力的に感じるらしいです。免疫方面の影響らしいですけど」

「いやでも、俺達男同士…ですし」

雨楽の動揺《どうよう》など、有澄は気にしていない様子だ。

「そうなんですけど。でも雨楽さん、本当にいい匂いするんです。だから同性でもそんなふうに感じるんだなって、俺あなたで初めて知りました」

「…」

片手で顔を覆ってしまった雨楽の反応に、つい調子に乗りすぎてしまったかと有澄は肩を落としてすぐに詫びる。

「いや、ほんと…いや、すみません急に変なこと言って」

「俺も有澄さんの匂い、嫌いじゃないです。すみません…俺も誰かに自分の匂いをそんなふうに言われたこと、なくて。もし口説き文句だったら、うっかり落ちそうになりました」

「それなら是非、落ちてください。俺の両腕の間、いつでも開いてますから」

遠回しに恋人がいないことを告げたつもりだったが、雨楽に巧く伝わっただろうか。

「有澄さんって…意外と、面白いですね。本当に俺、そんなふうに言われたことなくて。どう返したらスマートなのか、判らないです」

どこまでが冗談か本気なのか判らず、雨楽は笑みを零した。

有澄はまるでびっくり箱のようだと、雨楽は思う。これまで雨楽が聞いたことがないような、思いがけない言葉が次から次へと出てくる。

「どう返してくれても。そんなふうにあなたが笑ってくれるなら、いくらでも話しますよ、俺。因みに匂いは本気です。雨楽さんからいい匂いがします。ずっと嗅いでいたくなる」

「…！」

思わず破顔してしまった雨楽につられるように、有澄も笑顔を浮かべる。

「…うん。雨楽さんはそうやって、笑って下さい」

「俺、そんなに笑ってないですか？」

「いいえ。あなたが笑っていると、俺が嬉しくなるので。そしてもっと俺に、雨楽さんのことを教えてください」

優しいまなざしで繰り返す有澄に雨楽は不慣れなぎこちなさで、それでも今の本当の気持ちを告げる。

「俺のことを知って貰って、有澄さんに幻滅されたら嫌だなぁ」

「俺みたいにあけすけに押してくる好意は苦手ですか？」

この男はどうして自分の思っていることが判るのだろう？　いっそ清々《すがすが》しい感心すら覚えながら、雨楽は素直に頷いた。

「そんなふうに、言って貰えたことがないので。慣れれば大丈夫です。…って、大丈夫ってなんだ、それ」

最後は自問自答《じもんじとう》になってしまった自分の返事に、雨楽はもっと頬を熱くする。

有澄の前だと気持ちが軽くて、したい行動に対して自分が素直に応じられるのが不思議でたまらない。向けられる好意を負担に思わないことも、有澄が初めてだった。

「じゃあ、これからどんどん押すので慣れて下さい」

「どうして…会ってまだ数回の俺に」

「…雨楽さんなら、もう気付いていると思いますが」

「もっと有澄さんのことを知ったら。その理由が判りますか」

有澄は答える代わりに、重ねていた手を優しく握り締めた。

「実は俺、あと一時間くらいで仕事終わるんです。よければ一緒に飯でも食いませんか？」

有澄に誘われ、今の雨楽に断る理由がなかった。

ではその間別の場所で待っていると言う雨楽の申し出を退け、残りの仕事をしてくるために有澄がフロアへ戻る途中、兄の類から電話が入る。

『ちょっと面白い話を聞いたぞー。『TAKANO』の営業がミスって、社長の代わりに謝りに行った弟が、取引先の双葉食品の本社で土下座させられたんだって』

思いがけない人物からの情報に、有澄はスマホを握っていた手に力が入った。

「…待って兄貴、その話詳しく教えて」

雨楽が殴られた理由は、これだったのだ。

類から事情を聞きながら有澄の脳裏《のうり》に浮かぶのは、自分はそういう役目なのだと何もかも諦めてしまっていた雨楽の顔だった。

予定通りに有澄は仕事を終え、夕方の忙《せわ》しない時刻を迎え始めた街に二人で出ていく。

雨楽が店に訪れた時よりも雨脚は強くなっていて、やむ気配がない。

「…すみません」

「え？」

雨音に消えそうな雨楽の呟きに、隣を歩いていた有澄は差していた傘を軽く持ち上げる。

「…結局休憩室で待たせて貰ってしまって、ご迷惑をかけました」

雨楽らしい言葉に、有澄はわざと唇を尖《とが》らせた。

仕事が終わるまで別の場所で待っているという、雨楽の申し出を退けたのは有澄だ。

「嫌ですよ。その間にあなたの気が変わって、やっぱり帰ろうってなっていたかも知れないし。それに店長はそういうの、一切気にしない人です。雨楽さんはお客様だし」

「でも、有澄さんの職場です。それに…お店はこれからが忙しい時間に入るはずです。もしかしたら、俺のせいで今日のお仕事を早く切り上げさせてしまったんじゃないですか」

「違いますよ」

本当に違うから有澄は雨楽へ安心させるように笑うと、鞄《かばん》の中から自分のスマホを出して、カレンダーのアプリに書き込んでいるシフト表を翳《かざ》して見せる。

そこには、昼から有澄が先ほど仕事を終えた時刻までが別の色で入力されていた。

「もし雨楽さんがいなくても今の時間、ここ歩いてますよ。俺、原則週末のシフトなんで。

だからイレギュラーな今日逢えて、ご褒美みたいで嬉しいです。まだ…頬、痛みますか？」

傘で隠すように、雨楽が腫れてきている頬に触れている。

「…少し」

痛いのは本当だが、手を遣《や》ってしまうほどの痛みではない。

自分も有澄と同じ気持ちだと言おうとして、恥ずかしくなってしまっただけだ。

「頬骨が折れているとかはなさそうなので、冷やしておけば腫れも引くとは思いますが。…えーと、もしよければ今夜はウチに来ますか？」

「えっ⁉」

驚きに思わず顔を上げた雨楽へ、有澄が歩きながら反対側の駅向こうを指差す。

「駅の向こう側なんですが、俺が借りてる部屋がここから近いんです。男料理だし、途中買い物に寄らなければいけないですが、簡単なものでよければ俺が作りますよ。その頬を冷やす湿布も買いたいし…雨楽さん、なんか変な顔してる」

「い…いっ、いやだって…！」

立ち止まってしまった雨楽に、有澄もならう。

「雨楽さん、酷くお疲れのようだから外の店よりもいいかなと思ったんです。下心はないつもりですが、やっぱり外食のほうがいいですか？　安くて美味い店なら…」

真顔で返され、雨楽は必死で首を振った。

「嫌なわけじゃ、ないです…！　ただ、驚いて」

「驚く？　何に？」

本当に判らない様子の有澄に雨楽は顔を向けて、そして慌てて俯く。

「どこの誰とも判らない俺を、そんな簡単に自分のテリトリーである部屋に呼んで…」

行きたい、とすぐにでも言いたいのに、誰かの誘いに慣れてない雨楽は素直に頷けない。

「それを言うなら俺だってどこのどいつだ？　ってことになりますよ。雨も酷くなる一方だし、雨楽さんの服もまだ濡れたままだし、心配なら俺の顔撮って、それからケー番も教えますから信頼出来る誰かに今からこいつん家行くからもし俺が行方《ゆくえ》不明になったら探して、ってメールをしておいてください」

真顔で言う有澄の表情に、雨楽は笑顔が零れた。

「有澄さん、どれだけ不審人物《ふしんじんぶつ》なんですか？　俺のほうこそです。…もし有澄さんのご迷惑じゃなかったら、このままお部屋へお邪魔してもいいですか」

「喜んで」

嬉しそうな有澄につられて、雨楽も笑いながらしみじみと呟く。

「有澄さんと話してると…なんだか、ずっと以前からの友人のようで。なんでも気軽に話してしまうから。…とは言え、思い出せるほど親しい友人っていないんですけどね」

雨楽はそう言って、もう一度少し寂しげに笑った。

「んー、実は俺も同じ感じです。雨楽さんと一緒にいると、気持ちがいい」

「でも俺、有澄さんにはご心配ばかりおかけして、ます…よ？」

「俺は世話好きだからいいんです。雨楽さんが一緒にいて息苦しくないなら、嬉しいです」

そう言って有澄が子供のように笑うので、雨楽も穏やかな気持ちでゆっくりと頷いた。


案内されたアパートは、ごく一般的な二階建ての建物だった。

漠然としたイメージだが、有澄はもっと今風のお洒落《しゃれ》な部屋に住んでいると思っていた雨楽には、意外な住居だった。

「…」

「古い部屋ですみません」

そんな雨楽の心を読んだかのように有澄が詫び、部屋の鍵《かぎ》を開けて中へと招き入れる。

「居住者は近くの大学の学生がほとんどです。とは言え休みに擦《す》れ違うくらいで、誰がどの部屋に住んでるかも知らないですが。…ちらかってますが、どうぞ」

「お邪魔します」

狭いが、中はこぢんまりとして綺麗な部屋だった。

部屋は出入り口に近い場所にキッチンと洗面まわりがあり、八畳ほどの部屋にベッドと小さなテーブル、その上にノートパソコンと彼の生活の全てが配置されている。本も多い。

正面の窓と壁側に置かれたベッドの枕元には、二つの目覚まし時計。クローゼットはベッドの足元側、雨楽が立つ出入り口横にあった。

パソコンで代用しているのか、テレビは置いていない。

雑然としていて、かえってそれが男の一人暮らしらしい居心地のいい空間になっていた。

「意外に…片付いていますね」

雨楽の感想に、途中で買った食材を冷蔵庫に入れながら有澄は笑う。

「どんな部屋を想像していたんです？　とはいえ、誰かが来るような部屋じゃないですが」

「俺の部屋のほうがずっと散らかってますよ」

「部屋が狭いから、どうしても片付けが必須だったりするので。雨楽さん、ベッドかどこか適当に座…る前に、着替えが先ですね。シャワー使って下さい」

傘は差していたが、二人とも吹きつけていた風に煽られしっとりと濡れてしまっている。

「いえ、有澄さんが先に」

「俺の部屋なので、大丈夫です。雨楽さんが先に風呂場使って下さい。その間、適当につまみとか着替えを用意しておきますから。こっちです、どうぞ」

「…色々すみません、お借りします」

「俺のですみませんが、あるものを勝手に使って下さい。バスタブを使いたかったら、湯船にお湯を張ってもかまわないので。着替えは外に置いておきます」

言い置き、有澄は自分が着替えるために部屋の奥へ向かってしまう。

雨楽は親切に甘えシャワーを借りて浴びて出ると、有澄は既に部屋着に着替えていた。

バスルームから出てきて気付いたが、部屋の中は外に比べて驚く程湿気がない。

「着替え、ありがとうございます」

雨楽が借りたのは別の新しいTシャツと膝丈の肌触りのいいハーフパンツ。

テーブルにはすでに食事の用意が調《ととの》えられている。酒のつまみがメインだし簡単なものではあるが、こんな短時間で用意出来る様子から支度に慣れているようだった。

「先に、頬に湿布貼っておきましょう」

有澄はそう言って雨楽をベッドに腰かけさせると、薬局に寄って買ってきた湿布を頬に貼ってやる。

「…」

ベッドに近い壁には、数字だけのシンプルなカレンダーがかけられていた。

「痛みますか?」

今日の日付を見ていた雨楽は、有澄の声に首を振る。

「すみません、何もかも…ご迷惑をおかけして」

「迷惑じゃないので気にしないで下さい。俺も誰かと一緒の飯は嬉しいですし。口の中は切れてませんか？」

「大丈夫です。…いつも一人で食事されているんですか？」

「シフトによっては店でまかないを出して貰いますけど、仕事中だし。気楽に飯を、という理由で外食よりも自炊が多いんですよ。だからこうして誰かと食べられるのはいいなあと。家飯《いえめし》で申し訳ないですが」

そう言って有澄が指の背で雨楽の頬を撫でる。まるで猫の頬を撫でるような優しい仕種と表情につられ、雨楽も甘えるように目を細めた。

「いえ、俺も店じゃないのが気楽で…その、嬉しいです。すみません、お邪魔して」

「謝るの、好きですか？　強引に連れてきたようなものだし、謝る必要はありません。それに…信じて貰えないかも知れませんが俺は部屋に人を呼ばないですよ。家族以外でこの部屋に来たのは雨楽さんが初めてです」

これまで人を呼ばなかったのに、どうして俺を？　その問いが喉まで出かかったが、口から出たのは別の言葉だった。

「有澄さん…モテそうなのに」

「いやモテないですよ、俺。それにモテても、自分が部屋に呼びたいと思う相手でなければ、呼べないでしょう？　あまり綺麗な部屋でもないし」

「綺麗な部屋だと、思います。居心地好さそうで…実際なんだか安心する部屋です」

「そう言って貰えると」

正直に告げた雨楽に有澄は笑い、テーブルに置いていた缶ビールを渡した。

「ようこそ、マイルームへ」


…それから二人は、他愛のない話を酒の肴《さかな》に笑いながら、楽しい時間を過ごしていた。

夜の九時を過ぎても雨は降り続いていたが、外の不快さなどまるで関係ない様子の二人は昔からの親友のようにすっかり打ち解けて、繰り返す乾杯に零れるのは笑いばかりだった。

有澄はよく笑い、食の細い雨楽に食事を勧め、雨楽の緊張をすっかり解いてしまっている。

楽しくて雨楽も酒が進み、心地好い酔いに満たされていた。

「…こんなに笑いながら酒を飲んだの、初めてです」

おかしくて目尻に浮かんだ涙を拭いながらの雨楽の言葉に、有澄は飲んでいた缶ビールを彼の持っていた缶へと軽くぶつける。

「雨楽さん、普段はどんな酒を？　かなりイケる口ですよね？」

「酒は仕事でしか、飲みません。家では飲まないので。有澄さんは飲まれるみたいですが」

足りないよりはと念のため買ってきたビールはとっくに飲み終わり、今は有澄の冷蔵庫に入っていたビールと酒を飲んでいた。

「ウチは兄貴が貰い物の酒をよく置いていくんですよ。だから自分では殆ど買いません」

「じゃあお兄さんと、ここで？」

「そうですね。た、まーにですけど。休日の前の日とかに言いがかりをつけて、上がり込むんです。とは言えそう頻繁《ひんぱん》ではないので、殆ど俺一人で勝手に飲んでますね」

「有澄さんはお兄さんと仲がいいんですね…羨ましい。いや、羨ましいなんて本当は俺が言う権利なんかないんですけど」

「…そういえば雨楽さんにも義理のお兄さんがいましたね。見知らぬ人ですがクソ腹立ってますけど。というか…雨楽さんのご家族に申し訳ないですが、その家族にも」

有澄にそう言われ、雨楽は両手で持っていたビールに目線を落として小さく詫びた。

「すみません。俺のせいなんです」

「今のご家族は、ご親戚とかですか？　いや、立ち入ったこと訊いてしまってすみません」

すぐに詫びた有澄へ、雨楽は小さく首を振る。

「いいえ、親戚関係ではないと聞いています。俺は養護施設に預けられていて、そこから今の家へ養子に出されたんです。俺になった理由は…義兄と名前が似ていたからだと。兄の名前に晴《はれ》という字が入るので、名前が並んでいても雨の文字は違和感がないですから」

「そんな理由で？」

血縁での繋がりを重視する日本では、海外に比べて養子縁組は難しいと言われている。

すでに男子がいて、それでも血縁者ではない子供を迎え入れるのだとしたら相当の理由があってのことだろうし、その分養子側の条件も厳しいはずだ。

「俺は、そう聞いています。俺を養子に迎えたのは、跡取り息子である義兄を補佐するための弟が必要だったからだと。父親の顔も知らない俺に、充分な教育と教養を与えてくれました。…養父母には感謝しています。この気持ちに嘘偽りは、ないですよ」

有澄は一度頷き、そして首を傾げた。縁があり、同じ苗字《みょうじ》を名乗らせながらも…。

「雨楽さんは養子に出されたけど、そこで『家族を得た』わけではないんですね」

指摘され、雨楽は一瞬言葉に詰まる。

「…！　有澄さんの言う、家族とは…なんですか？」

有澄は顔を上げ、雨楽を見つめた。彼に何度、こんなふうに見られただろうか。

「世界中が自分の存在を否定しても、敵にまわっても。手を握り、大丈夫だと支えてくれる存在です。間違いを正してくれて、遠く離れていても心は一番近くにいて、共に歓《よろこ》び、悲しみを分けあい…心が安らげる場所、そして繋がりだと思います」

「…」

あぁ本当に、そう思う。だが、雨楽は家族からそれは得られなかったのだ。

「俺が言った全てではないかも知れない、でもそのうちの一つでもあれば救われる。家族は自分を取り巻く一番身近な最小単位の集団《コミュニティ》で、だからこそ心安らげる場所でなければ」

「…俺がいなければ、あの家はそうだと思います。だから、俺が必要とされた」

「『そういう役目』？」

「…です。どんな理由でも、必要とされたのなら応《こた》えたいと思うのが人間だと思います。だけど俺は全然至らなくて…この頰も自分が招いた結果です」

「雨楽さん」

有澄の声が、雨楽を心配しているのが伝わる。だからつい、甘えてしまう。

「…これは俺の弱音です、だから聞いて忘れて下さい。この頰は、義兄に打たれました」

「酷いことをする」

有澄から出てくるのは、一貫して雨楽を気遣う言葉ばかりだった。自分の『仕事』は孤立《こりつ》無援《むえん》とずっと思っていた雨楽には、心に寄り添う理解者の有澄に慰められる。

「義兄は俺の上司であり、勤めている会社の社長です。営業のミスを謝罪に向かった先で、社長の義弟である俺が目の前で土下座をすれば溜飲を下げると言われてそうしたんです。相手は重要な取引先で、万が一のことがあったら会社の収益は大ダメージを受けます。…ですが義兄がそのことを知って、自分が土下座したに等しいと侮辱《ぶじょく》に感じたんです」

「店でも言いましたけど。それなら自分が行けばよかったんだ、と俺は思います。雨楽さんは何も悪くない。俺がもしあなたの義兄なら、自分の代わりに膝をつかせて申し訳なかったと詫びるところです。会社の一大事だったかも知れない状況の…」

「義兄には言っていませんが。土下座をしたのには本当は、もう一つ理由があります」

そう言って雨楽は、一度口を閉じた。問われたいための告白だと判るから、有澄は訊く。

「俺が訊いてもいいですか？　聞いて忘れますから」

そう言って有澄は、どこか緊張している雨楽の手に触れる。

「その…俺さえよければ、ホテルへ行って誠意を見せろ…つまり伽《とぎ》の相手をすれば、なかったことにしてもいいと言われました。そうでなければ土下座をしろと言われて、俺は土下座を選びました。土下座をすれば義兄が怒り狂うことは、想像出来ていたけど…俺には…」

「雨楽さん」

有澄は名前を呼ぶことで、雨楽に最後まで言わせなかった。

「それはパワハラでもあり、セクハラでもあります。だから拒んで正解です」

「でも俺は男だし、男同士で行為に及んだとしても問題は」

「あります、大ありです。雨楽さんの体は雨楽さんのもので、会社の犠牲に差し出していいものではない。それにそんなバカげたことを言った男が、もし雨楽さんが心を寄せていた相手ではないのなら、セックスは暴力で精神的苦痛が伴う。それは男女関係ありません」

「有澄さん…」

自分のことのように腹を立てている有澄を、雨楽は半ば驚きのまなざしで見つめる。

こんなふうに自分のことを心配してくれた者など、これまでいなかったからだ。

会社ではやって当然と思われ、期待するわけではないが相応の労いもない。

なのにそんな関係と一切無縁の有澄が、自分のことのように怒りを見せてくれた。

「有澄さんは俺が…容易に男と寝そうな奴《やつ》、と見ないんですか？　ふしだらだと思い…」

自分で的外れな問いをしていると判っている、でも雨楽は訊かずにはいられなかった。

「どうしてです？　思わないですよ？　むしろ野郎にも雨楽さんの魅力が判るんだと」

有澄の言葉に、雨楽はぽかんとした表情を浮かべた。

「それは…初めての解釈です。俺は、自分が至らないから軽んじて見られているとばかり」

「拒んだのはどう考えても賢明な判断ですよ。そもそも営業のミスで土下座させる相手会社が間違っているんですが、それは今置いておいて、だって雨楽さん、考えてみてください。雨楽さんが土下座したことで、自分がしたように侮辱に怒ったお義兄さんですよね？」

「はい。それが…？」

「その法則ならもし雨楽さんが相手の取引に応じてホテルへ行って、そいつに体を任せて行為に及んだことが後で知られたら。その義兄さんがされたっ《いい》てことですよね？」

「…！」

「むしろ土下座を選んでくれてありがとうって、泣いて納得だと思うんですが」

あっけにとられた雨楽は、すぐに有澄の言葉がじわじわと及んできて肩を震わせる。

「それは…思いつきもしませんでした。言って、気持ち悪いと思われたらと…」

有澄の言葉に、雨楽はずっと胸につかえていたわだかまりが解けて消えていくのが判る。晴彦を満足させる対応が出来なかった自己嫌悪と、他にも選択肢があったことへの後ろめたさから息苦しささえ感じていたのに、今は心が軽い。軽いのだ、とても。

「ある意味、義兄さんの貞操《ていそう》も守ったようなものですよ。現実問題、雨楽さんでなければホテルへ…って誘われなかったとは思いますが。もし会社のためを思ってその条件を受け入れてしまっていたら、きっと一度では済まなかったはずです」

「そう…でしょうか」

「もし寝てしまっていたら以降、雨楽さんがどんなに仕事が出来ても、体を売って得たものだと言われ続けることになる。それはきっと、義兄さんの本意ではないはずだ。だから…殴られてしまったことは残念ですが、やっぱり雨楽さんの判断は正しかったのだと思います」

そう言ってくれる有澄の言葉が、雨楽の心をもっと軽くしている。

「ありがとう、有澄さん。こんなことは…誰にも言えないことだと思っていたから、楽になりました。あなたに聞いて貰って、よかった」

「俺でよければ、いくらでも聞きますよ？　今回のこともちゃんと忘れますから。それからもし雨楽さんが同性ＯＫでも、俺は気持ち悪いとは思いません。雨楽さんは、雨楽さんだ」

惚《とぼ》けて肩を竦める有澄へ、雨楽は小さく首を振ってから頷いた。

「最悪の誕生日だと思っていましたけど、その逆でした」

「誕生日…？」

首を傾げる有澄に、雨楽はカレンダーを指差して繰り返す。

「俺の誕生日です、今日」

「えっ⁉　誕生日⁉　なんでそんな大事なこと、今思い出すんですか…！　違うか、その逆か、なんでもっと早く言わないんです⁉　遠慮とかしました？」

「いえ、本当に忘れていたんです。さっきあのカレンダーを見て思い出しました」

「誰かと約束とか…家族とか」

「ありません。家族は、俺の誕生日は覚えていないと思います。それに誕生日は大体、毎年一人ですから。今年は有澄さんと一緒だし、それに思い出しただけましな…」

言葉を途中に、たまらなくなった有澄は雨楽の手を自分の両手で握り締める。

「何か、御祝いさせて下さい」

「いや、いいですよそんな…。有澄さんに話を聞いて貰って、こうして一緒に食事が出来ただけで…それが有澄さんで、俺は充分嬉しいです。ねだったみたいになってすみません」

だが有澄は諦めない。

「俺が、そうしたいんです。今すぐに出なかったら、何か考えておいてください」

「有澄さん…」

それは次の、約束だ。それだけでも嬉しいのだと雨楽は言おうとしたけど、嬉しさの気持ちが胸に広がって言葉に詰まる。

そんな雨楽の気持ちなど知らない有澄は、缶ビールを軽く持ち上げた。

「とりあえず、改めて乾杯しましょう。お誕生日おめでとうございます」

「ありがとうございます」

アルミ缶同士なので、グラスのような心地好い音は出ない。

古いアパートの部屋だが、外で飲むビールよりずっと美味い。本当に、美味しかった。

「そういえば雨楽さん、何歳になるんですか？」

言われ、雨楽は指を折って数えた。

「え…っと、六…かな、二十六歳になります」

「あ、俺のほうが上ですね。俺は二十八」

「二十八なら、殆ど変わらないじゃないですか。年上だとは思っていましたが」

「そうですか？　俺はその逆です。雨楽さん、もっと若いかと」

「う…やっぱりこの顔かな」

こうして繰り返される他愛のない会話が何よりも楽しくて、嬉しかった。

雨楽は自分が酔っ払っていることに気付いていた。普段ならガチガチにかためている警戒《けいかい》心《しん》が、有澄の前ではそうしていなくてもいいのだと有澄自身が教えてくれている。

だからその心地好い酔いに任せて雨楽の本音が静かに零れ落ちた。

「…もし、ホテルへ誘った相手が有澄さんだったら。俺は、多分行ってしまったと思う」

「雨楽さん」

「ごめんなさい、俺…酔ってるんだと思います。…だから、聞き流してください。ホテルへ来いと言われた時、脳裏に有澄さんが浮かんだんです。そしたら…どうしても受け入れられなくて。俺、変ですよね」

「そんなこと言われたら、自惚《うぬぼ》れますよ?」

「自惚れて下さい。だって以前の俺だったらきっと、自分は男だからなんでもないって、ホテルへ行くことに同意していたかも知れないんですから。だから…有澄さんを思いだしたことでストッパーになって、俺を護ってくれたんです。…ありがとう、有澄さん」

雨楽はそう言い、無防備で蕩《とろ》けるような笑顔を有澄に見せた。

「むしろお礼を言うのは俺のほうですよ、雨楽さん。もし俺が本当は下心満載でこの部屋に誘ったとしたらどうするんです? ホテルへ誘った取引先と同じレベルですよ?」

「あはは、有澄さんとあの人では全く違いますよ。だって…」

「だって?」

囁くような声を聞き逃さないよう、顔を寄せた有澄の頰に雨楽は指で触れる。

「…有澄さんなら、嫌じゃ、ないから…です」

唇に息が吹きかかるくらい、互いの顔が近い。でもどちらも顔を離そうとしなかった。

「じゃあ、やっぱり下心で誘ったことにしてください。俺は今、オブラートより薄くて頼りない自分の理性を、それでも必死に体中からかき集めているところなんです」

「そんな理性、要《い》らないです。…俺、気持ち悪くないですか？」

「まさか。その逆です。俺のほうこそ、怖くないですか？　オオカミですよ…」

二人とも酔っている、だが酒に強い彼らは本当は己を見失うほどは飲んでいない。

酔っているフリをして酔いに任せて言葉遊びを愉しんで、本当の気持ちを伝えている。

「有澄さんになら、食べられてしまいたい。…ごめんなさい、俺…相当酔ってますね」

「俺は雨楽さんに酔ってます。あなたに触れても…いいですか？」

「有…」

「…！」

その時、まるで顔が近付く二人を牽制するかのように、雨楽のスマホから呼び出し音が響いた。上着のポケットに入れていたので、有澄がテーブルに出しておいたものだ。

画面を見なくても、呼び出し音だけで誰なのか判る。かけてきているのは、晴彦だった。

こんな時間にどうしたのだろう。電話がかかる時は至急の業務のことが多かった。

「あ…」

スマホを取ろうとした雨楽の手が躊躇《ちゅうちょ》する。もし仕事の呼び出しだったら、帰らなくてはならない。そうなればたとえ無駄でも水を大量に飲んで体のアルコール濃度を下げ、晴彦の所へ行くのだ…気持ちのよい酒を愉しんでいた、有澄の部屋を後にして。

電話に出てしまえば、有澄とこうしてすごす時間が終わってしまう。

だが電話を取らなければ、晴彦は怒るだろう。もう寝ていたと言うには、時間が早い。

それでも恐る恐るスマホを取ろうとした雨楽を、有澄の声が制した。

「駄目」

「有澄さん…でも」

「雨楽さんが取りたくないなら、電話に出ては駄目だ。本当に大事な用事なら、またかけてきます。普段雨楽さんがほぼ必ず電話に出ているなら、必ず」

有澄はそう言って、スマホを取ろうとしていた雨楽の手の上へ自分の手を重ねてしまう。

だが強い力ではない。制していると言うよりは、悩んで揺れる雨楽を支えているようだ。

「俺は…このままあなたを、帰したくない。雨楽さんは？」

雨楽は答えの代わりに、そう…と有澄の唇に指で触れた。有澄は僅かに口を開き、その指先を甘噛みする。酒の力がなければこんな勇気、きっと出せない。

何をしているんだと言わんばかりに、スマホの呼び出し音が大きくなっていく。

「お願いです有澄さん…電話に出たくない、出られない理由を俺にしてくださ…んぅ」

その言葉を待っていた有澄は隣にいた雨楽を片腕で抱き寄せ、そのまま唇を重ねた。

「有澄さ…」

「喋ると舌を噛みますよ。大丈夫、俺は酔うとキス魔になるんです。舌、出して」

そうして欲しかった雨楽は熱っぽい有澄の囁きに目を伏せ、乱暴なのに優しいキスを受け入れる。一瞬唇が離れ、再び角度を変えてもっと深く口づけを交わす。

スマホをとろうとしていた雨楽の手は、有澄の首へとまわされていた。

「ん…ぅ…ぁ」

絡まる舌が生き物のように口腔内で蠢《うごめ》き、有澄が甘く歯を立てる度に雨楽の背中を電流のような快感が走り抜ける。強く吸われて溢れてきた互いに混ざった唾液を、雨楽は喉が渇《かわ》いている者のように喉を鳴らして飲み込む。

それでもまだ、呼び出しの音は鳴り響いている。

「ぁ…ずみ、さ…」

「有澄と呼んで下さい、雨楽さん。呼び捨てでかまわない」

「でも…ぁ…ふ」

こんなふうに誰かを求めたこともなかったし、情熱的なキスを受け入れたことも雨楽は初めてだった。だが巧みにリードしてくれる有澄に雨楽は従順に従い、口づけに溺《おぼ》れる。

「俺の名前を呼んで、雨楽さん。そしたらもっとキス、してあげます」

「…ずみさん、有、澄…」

「はい、雨楽さん。ほら…やっぱり雨楽さん、いい匂いがする」

唇の上で囁く有澄の声が熱を帯びて掠《かす》れ、その声に反応して雨楽の体が疼《うず》き出す。

「有澄…どうしよう、俺。はしたないことを口走っても、いいですか」

はしたないという言葉を最初に使ったのは、有澄だ。だから雨楽も使わせて貰う。普段なら絶対こんなこと言えない。でも、我慢出来ない。

「なんなりと」

言いたい、伝えたくてたまらない。

「今夜はまだ、帰りたくないと言ったら…遠慮のない奴だと、嫌われますか」

「よかった、帰したくないと思っていたんです」

「逢ってまだ数回なのに」

「一目惚れって、知ってます？」

「…嘘だ」

「本当。そうでなければあなたにいくらその綺麗な顔でお願いして貰っても、俺はこうしてキスなんかしないし電話を止めたり…しない。だけど同情や憐《あわ》れみなんかじゃない」

有澄は笑い、雨楽の鼻筋へとチュ、と励ますようにキスをする。

「酒の勢いでそう言わせているとしても、嬉しいと言ったら笑いますか？」

「慎み深い人だなと、笑うだけです。俺、自分の気持ちに素直な奴のほうが好きです。…だから電話に出られなかった理由を、俺があげます。俺を利用して下さい」

有澄はそう告げると、愛を囁くために再び唇を重ねた。

…二人の気持ちは、このまま最後まで結ばれてもかまわないくらいに昂《たか》ぶっている。だがもし酒の勢いに飲まれただけだと相手が後悔して、この先の関係がぎこちなくなってしまったら怖い。だから二人はその夜、口づけを重ねるだけで互いの想いを伝えあった。


結局雨楽が有澄の部屋を後にしたのは翌早朝だった。

有澄の部屋から離れがたかったが、それぞれ今日も仕事があるので仕方がない。

「…」

『お店で待っています』

そう言って優しく抱き締めてから見送ってくれた有澄を思い出すと、自分が今どんな表情でいるのか想像がつかなかった。

「…きっと、凄《すご》いにやけているんだろうな」

有澄と、数えきれないくらいキスをした。互いの唾液《だえき》が混ざり合って味が判らなくなっても、何度も飲んで足りなくて零れて濡れた唇すら夢中で舐《な》め取った。

その唇が痺れて感覚がなくなっても、それでも満足出来ずに繰り返し唇を重ねた。

『やっぱり雨楽さん、いい匂いがする』

誰よりも近くにいて、有澄はその言葉を繰り返している。

余計な言葉はいらなくて、ただお互い近くにいた。それだけで、欠けてしまった何かが、自分の中で再び満たされていくのを感じる夜だった。

朝になってしまい、有澄の部屋を離れると全てが夢のように感じる。

『本当は、このままあなたを帰したくないけど。次に逢うまであなたを想って過ごすのもいいですよね』

「…俺もです、有澄さん」

そんな夢心地で自分の部屋に戻った雨楽は、残酷な現実を目の当たりにすることになる。

鍵を開けた玄関に、見覚えのある靴。その靴を見た瞬間、雨楽は緊張に息を飲んだ。

玄関が開く音に、靴の主である晴彦がリビングから顔を見せる。

「遅かったな」

「社長…！」

引っ越し時に命じられ、スペアキーは家に預けていていた。

だが晴彦が雨楽のこの部屋へ訪れたのは、これが初めてだ。

何故、よりにもよって今日に限って急に？

「どうして…ここへ…？」

だから思わず口から出てしまった問いに、壁に寄りかかっていた晴彦が唇を歪める。

「お前こそ、昨夜は何処へ行っていたんだ？　そのだらしない格好、ここに戻って来ることもしないで…どこかで一晩中お楽しみだったようだな」

そう言った晴彦が着ているのは昨夜のスーツだ。ネクタイを緩め、口ぶりからこの部屋で夜を明かしたらしい。目元にもくまが出来ていて、いかにも寝不足で不機嫌なのが判る。

「…っ」

返答に困る雨楽に、何か後ろめたいことがあると判断した晴彦が再度強い口調で訊く。

「答えろ、雨楽。昨晩は俺がかけた電話にも出ないで、何処にいたんだ」

「友人の…ところです」

嘘ではない、雨楽は心の中で弁明する。だけど…有澄は、友達じゃない。そんな言葉も心の中で響くのだ。

「はっ？　友人？　お前に友人だって？」

侮蔑も露わな口調の晴彦に、雨楽はいつものように俯くことはしなかった。

「…そうです」

ただし、もう友達じゃない。多分友達を飛び越して、しまった。

友達とは、あんなキスはしない。

「俺がかけた電話に、何故出なかった」

「それは…」

雨楽は答えようとするより先に、その時の場景を鮮明に思い出してしまう。

『電話に出たくない理由をください』

そう言って自分で有澄にねだり彼に叶《かな》えて貰った、出られない理由がキスだったのだ。

「たまたま、電話に出られなかっただけです」

「電話に気付いたのなら、どうして折り返さなかった」

いつもの通り高圧的な、晴彦の言葉。だが今日の雨楽は折れなかった。

「重要な連絡なら、またかかってくると思ったからです。その時、手が離せなかったので」

「女と寝ていたと正直に言えないのは、後ろめたいからか？　キスマークが見えているぞ」

「…⁉」

言われ、雨楽は咄嗟に自分の首筋を隠すように手を遣る。

その様子に晴彦は、忌々しいと言わんばかりに舌打ちをしてから続けた。

「なんだ、本当に女と寝ていたのか。こんな化石レベルのひっかけでも使えるものだな」

「社長…からかうのはやめてください。どうしてここにいるんですか？」

「社長である前に、俺はお前の兄だ。それに用がなければ、弟の部屋に来てはいけないのか。家に鍵を置いていったのはお前だろう？」

「それでは答えになっていません。兄弟でも、プライバシーはあります。家の鍵は義父さんに言われたからそうしただけで、自由に来て欲しいと願って預けたわけではありません。…

ここは、私の部屋です」

「自分が後ろめたいからか？　今日は饒舌に反抗するじゃないか。お前と寝るような奴が友達か？　お前は友達と寝るのか？　それとも抱いて慰めてくれたのは男か？」

「私が誰とどういう交際をしようと、義兄さん…社長には関係ありません」

判っていて晴彦の電話に出なかった後ろめたさに加え、自分のテリトリーに勝手に踏み込まれた不快感が雨楽の中で募る。

そして晴彦のほうも義兄から『社長』と言い換えた雨楽の態度に、意図的に自分との距離を示されたようで気に入らなかった。…気に入らない、とても。

「お前、騙《だま》されているんじゃないか？　俺に殴られた頰を手当てされて、ちょっと優しくされて舞い上がっているんだろう」

有澄が丁寧に貼り直してくれた湿布は、雨楽を気遣った手当てに晴彦は見えた。

「違います。どうしてそんなことを言うんですか」

潤《うる》んだ瞳《ひとみ》と泣いた後のように腫らした目元、熱を帯びてかすかに上気した頰…何よりも雨楽自身からなんともいえない色香がただよい、晴彦の劣情《れつじょう》を煽るのには十分だった。

「…答えろ、相手はどこの誰だ」

何故執拗《しつよう》に有澄のことを聞き出そうとしているのか判らないまま、雨楽は答えない。

「私の交際範囲のことです、ご心配戴かなくて大丈夫です。…出社前に一度家に戻られますよね、車で来られているのでしたらお送り致します」

「雨楽！」

言外《げんがい》に帰れと言われ、晴彦が廊下の壁を強く叩く音が部屋に響いた。

鈍く、だがそれなりの音の大きさに雨楽の肩が僅かに跳ねる。

「…お前、誰に物を言っている。ここで生活が出来るのは、誰のお陰だと思っているんだ」

押し殺した晴彦の声が怒気を孕《はら》んで震え、また殴られるのではと思わせるほどだった。

「高野の家には縁者でもない私を養子に迎え入れ、充分以上の生活と教育を与えて貰いました。そのご恩返しのためにも、秘書としてあなたにお仕えしています」

晴彦とは対照的に、雨楽の声は静かに冷えていく。

「だったら…」

「私のプライベートがその勤務に悪影響を及ぼしているならともかく、そうではないのなら私のプライバシーも尊重《そんちょう》して戴けませんか」

雨楽は日記などもつけていないし見られて困るものは特にないが、自分が心を許したわけでもない相手に無断で部屋に上がられて平気な者はいないだろう。

「…まるでただの上司と部下の話のようだな。その上司からの電話を取らなかったくせに、自分の主張は通したいってことか？」

「部下として接しろと言われるのでしたら、あの時間の電話は勤務時間外です。待機事案の連絡ではない限り、取らなくてはならない義務もないと思います」

「…！　では上司ではなく、自分の義兄からの急ぎの電話だとは思わなかったのか⁉」

堂々巡りになりそうな晴彦との会話に溜息が出そうになり、雨楽は堪える。

昨夜もし二度目の呼び出しがあったら、雨楽は有澄に止められても電話口に出ていた。

実際、晴彦が雨楽をどうしても呼び出したい時は執拗なほどかけ直してくる。

だが晴彦からのコールはあの時一度きりで、呼び出し時間も長くなかったのだ。

そんな状況で、晴彦が雨楽と連絡を取りたがっていると判断するほうが難しい。

晴彦とは幼い頃からずっとこの調子で、会話が嚙みあうことのほうが少なかった。

口下手ではないが、どちらかというと寡黙《かもく》なタイプの雨楽は養子である遠慮もあり、言葉数を重ねることで晴彦との距離感や理解を深めることが出来なかった。

そんな雨楽とはほぼ真逆にいる晴彦は、性格や家庭環境の影響で言いたいことは遠慮なく言い放ってしまう。思ったことは口にしなければ、相手に伝わらないと考えていた。

だから今も、何故朝まで雨楽の部屋で待っていたのか本人に言えばよかったのだ。

「昨夜電話がとれなかったことはすみませんでした。私の部屋で待たなければならなかった用とは、一体なんですか？」

「もう、いい…！」

雨楽から欲しい言葉が得られない晴彦は自分の感情を持て余し、大声を放った。

昨夜は一体誰と、どんな夜を過ごしたのか。考えただけで苛立ちが募り、爆発しそうになる。それが名前を持つ特定の感情だと晴彦自身気付いていたが、絶対に認めたくなかった。

「人がわざわざ部屋まで来て待っていてやったのに、お前は労いや詫びの言葉もないのか」

この、ただ寝て着替えるだけの生活臭がまるで感じられない寂しい部屋で一人待ちぼうけていた間、雨楽は他の誰かと夜を過ごしていたのだ。

朝帰りしたのは初めてだと知らない晴彦は、思いつきでこの部屋に来ていたことなど雨楽が知る由《よし》もないと判っていても、わざと帰って来なかったように思えてならない。

…雨楽は晴彦の怒鳴り声に、静かに息を吐いた。

「電話に出られなかったことは謝ります。社長がここへいるとは、知りませんでした」

「知っていたら？」

すみませんでしたと、一言雨楽が頭を下げれば晴彦は満足するだろう。

でも、今日の雨楽は言えなかった。

そうしてしまえば、有澄との昨夜のこと全てを否定してしまうような気がしたからだ。

「…きっと、戻れなかったと思います」

だから雨楽はそう答える以外、出来なかった。

それが、一番最初に雨楽を見た時の晴彦の印象だった。

事業の創始者であり、社会福祉貢献《こうけん》活動にも熱心だった祖父の影響もあっただろうが、跡取り息子がいるのに男子の養子を迎えると聞いた時は子供ながらに驚きがあったことも覚えている。当時どんな事情があり、血縁者ではない一人の子供を迎え入れることにしたのか、晴彦はその経緯は判らない。

弁護士が何人もの子供のリストを持って訪れ、その中からさらに候補が絞り込まれた。

そしてある日の日曜日、家族で出かけた養護施設に雨楽がいたのだった。

「…！」

初めて彼を見た瞬間、晴彦は雷に打たれたような衝撃を覚えている。

自分よりも十歳近く離れた、小さな子供。

養護施設の大人は、彼は物静かな子供だと説明する。だが晴彦には、そう見えなかった。

大人の顔色を窺う子供ばかりがいる中、雨楽は怯《おび》えることなく聡明そうな瞳で真っ直ぐ自分達を見ていたのだ。その瞳は強く、はっきりした強い意志で輝いていた。

少女のように愛らしい顔立ちが、その瞳をより強く見せていたのだ。

「度胸がいい子供だな…気に入ったか。お前が気に入ったのなら、あの子にしよう。同じ姓を持つことになるが、将来後継者として社長になるお前の手足として働いて貰う、そのための子供だ。これから弟になる子供はお前のものだ。間違いがないように男子にしたが」

まるでペットショップで気に入った犬猫を選ばせるような、父親の言葉だった。

だから晴彦もそういうつもりで、お前が雨楽という名前だったから選んだと、雨楽本人に言ったが本当は違う。自分の弟として迎え入れることになれば、自分のものになるのだ。

その期待と高揚感《こうようかん》、言葉に表せない興奮で晴彦はその夜眠れなかった。

晴彦は十六歳、雨楽は七歳だった。

迎えられて家に来た雨楽は学校の成績もよく、物静かで問題を起こすような子供ではなかった。聞き分けがよくて不平不満を一切言わず、家で悪戯《いたずら》をすることもない。

だからいつの間にか高野の家族は雨楽がよく躾《しつ》けられた従順な犬か、生きている人形のようなつもりになってしまっていた。

一人っ子で甘やかされて育った晴彦は年齢が離れていることもあって、雨楽とどのように接していいのか判らず、可愛がってやったこともない。

言われるまま雨楽は晴彦と同じ大学に入り、入社してからは勉強中だった営業部から半ば強引に秘書室へ引き抜かれて第一秘書に据《す》えられた。

…雨楽は何一つ、文句を言わなかった。だからいつの間にか晴彦は、雨楽という人間は唯々《いい》諾々《だくだく》と命じられるままに従う、自分の意思は持たない人間と思っていたのだ。

最初に会った時に見た、あの強い瞳は高野という家で暮らすうちに消えたのだと。

賢く人望や求心力があるように見えても、雨楽は必要以上に友人を作らなかった。

会社から帰っても、休みの日に何処へ出かけるとも聞かないし、実際そうだった。

自分の意思を持たないから友人が出来ても長続きしないのだろうと、晴彦は雨楽をそう勝手につまらない人間だと判断して…油断していたのだ。

他人とは違う、寂しい雨楽の近くにいてやる、優しい義兄のつもりで。

雨楽が自分の知らないところで、自分の知らない誰かと…しかも友人ならけしてしないような行為をして、おまけに朝帰りまでしてきた。

昨夜の余韻《よいん》を見せつけるかのような雨楽の表情を見た瞬間、晴彦は腸《はらわた》が煮えくりかえるような怒りを感じたのだ。

それは嫉妬《しっと》と言う名の、怒りだった。


有澄《あずみ》と初めてキスをして、彼の腕の強さを知って。

世界が変わるような驚きと嬉《うれ》しさがあっても、日々は変わらなく過ぎていく。

家で待ち伏せしていた晴彦《はるひこ》とは喧嘩紛《けんかまが》いのことになったが、それで雨楽《うた》が会社での態度を変えることはなかった。普段と変らずに出勤し、着替えのために遅れた晴彦に挨拶《あいさつ》をして業務をこなしている。

まるで今朝のことなどなかったかのような雨楽の態度に、動揺《どうよう》したのは晴彦のほうだった。晴彦が油断して気付かなかっただけで、雨楽は以前から自分のことを隠して見せていなかったのかも知れない。そんな疑いの気持ちが晴彦の嫉妬心《しっとしん》をさらに煽《あお》り、疑いを確信に変えるまで安心出来なくなってしまった。

そんなことは知らない雨楽は平日を仕事で埋め、接待がない時は『キャロル珈琲店』で軽く夕食を済ませて帰る日々を過ごしていた。

平日の夜なので、有澄はいない。雨楽が通っている店舗以外で仕事をしていると知っていたから、店が営業中の間は交換したメールアドレスに自分からメールすることもなかった。

だけど有澄からは、休憩時間に時々画像と共にメールが届く。

『お腹空《なかす》いた。今日のまかないは何故《なぜ》か和風のチリコンカン！　あり得ない』

『猫がいました。不細工で可愛《かわい》い』

とか、どれも他愛のない内容と画像ばかりだ。

だけど雨楽には特別ではない日常だからこそ嬉しくて、自分も不慣れながら返信して、また届く返事に小さく笑って逢《あ》えない寂しさを埋めていた。

…それから店が終わり、夜遅くに時々電話をする。

有澄からかかってくることが殆《ほとん》どだったが、時には雨楽からも電話をかけた。

今夜は少し早い時間に、有澄からの電話。

『雨楽さんに、逢いたい』

電話の向こうでふいに呟《つぶや》く有澄の声が、鼓膜《こまく》に甘く響く。

「…俺《おれ》もです」

有澄には言いそびれたままになっているが、通っている『キャロル珈琲店』からは行こうと思えば徒歩でも有澄の部屋を訪ねることが出来た。

だが雨楽はそれを、しない。

「俺も、あなたに逢いたい。…有澄さん、その溜息《ためいき》はなんですか？」

『うん？　ほっとした安堵《あんど》の溜息ですぅー。俺だけ、逢いたいのを我慢してるのかと思ってたから。雨楽さん、明日は何か予定ありますか？』

「予定ですか？　いいえ特には。明日の金曜日は昼間仕事をして、帰ってくるだけです」

確か接待の食事も、晴彦につきあう業務もなかったはずだ。

『じゃあ夕方に待ち合わせして、映画を観ませんか？　ちょうど観たいのがレイトショーであるんです。明日は俺、夜のシフトがないので…映画観た後にご飯でもいいですし』

「本当ですか？　是非《ぜひ》…！」

有澄の誘いに、自分の声が嬉しくて弾むのが判る。

電話の向こうからも、有澄のほっとしたような溜息が聞こえた。

『ええと…これって、デートってことでいいですか？』

「…！　はい、その…有澄さんさえよければ」

友達と映画を観にいくのに、デートとは言わない。

『俺は、デートのつもりで誘いました。雨楽さんの予定がなくてよかった』

「明日、は…仕事が終わってから、店に行くつもりでした。シフトは土曜日かもしれないと思っていたので予定を訊《き》こうと。そうですよね、予定が空《あ》いていれば、あの店だけじゃなくて逢えばいいいんですよね。恥ずかしい話ですが、思いつかなかった」

『俺はどうやって雨楽さんを誘おうかな、ってずっと考えてましたよ。普段はこうして逢うこともかなわないから。さっきの話、俺だけかなって思っ…』

「我慢してるのは、有澄さんだけじゃないです…！　ええと…その…」

雨楽は思わずそう言ってしまったものの、先が続かない。

『週末に店で逢えるから？』

「勿論《もちろん》、それもありますけど。もし平日の夜に、逢ってしまったら…」

言いかけ、雨楽は恥ずかしさにスマホを握り締める指に力が籠《こ》もる。

『俺と離れられなくなりますか？』

「そうですけど、違います…！」

はっきり否定する雨楽の口調が可笑《おか》しくて、電話の向こうで有澄が笑っていた。

『見えないけど今、絶対雨楽さん顔赤いですよね？』

「…いいえ、普通ですよ」

そう惚《とぼ》けながら、雨楽は紅潮して熱くなっている自分の頬に触れる。

ネット回線を使ったウェブカメラでリアルタイムにお互いの顔を見ながら通話が出来る手段もあるが、二人はわざとそれをしていない。

お互いの顔を見て話してしまったら、きっと逢いたくなって我慢出来なくなる。

『じゃあ、どうしてですか？　って訊いても？』

有澄は、雨楽の言葉を額面《がくめん》だけで受け取らない。喋《しゃべ》ることにはやや不器用な彼らしい、真意を知ろうと、必ず訊いてくれる。

「逢ってしまって明日の有澄さんの仕事に差し障《さわ》りがあったら、俺が…嫌です」

だから雨楽も、有澄には素直に自分の気持ちを告げることが出来た。

『あなたらしいですね。俺はもう、明日逢えるのが待ちきれない気分でいるのに』

「俺もです」

『俺は…本当は今すぐにでも、雨楽さんに逢いたい』

ぽつりと小さく呟かれた有澄の囁《ささや》き。

「有澄さん」

それ以上どう答えていいのか判らない雨楽に、有澄の優しい言葉が重なる。

『逢いに来てって今、ねだったら。きっと雨楽さんは叶《かな》えてくれそうですけど』

「行きます。…でも俺は、有澄さんを困らせたくない」

『あなたのすることで、俺が困るわけがないのに。うーん、本当に言いたくなるなあ。あ、むしろ俺が困らせてる気が』

「…っ」

雨楽はスマホを握り締める。自分から、同じ気持ちでいると言ってもいいのだろうか。そう言って欲しいと、有澄が願っているのだろうか？

時計を見る。まだ日付は変わっていない。電車もまだ、動いている。

…いや、駄目だ。雨楽は自分に言い聞かせるようにして、必死に思いとどまった。

「俺は困ってません。俺のほうこそ本当に有澄さんを困らせてます」

逢ってまだ、ほんの数回だ。電話の回数も、まだ数えられる。

『違います、これは俺が駄々こねてるんです。…雨楽さんと逢ってまだ数回なのに、ずっと逢いたかった気がしてたまらないんです。だからもっと逢いたいし、あなたを知りたい』

「有澄さんがそういうふうに、言ってくれるから。大丈夫なんだ、って思います。その…時間とか回数とかは、関係ない。俺、有澄さんだったからそうしたくなったんです。もし他の人だったら、部屋になんか行かない。…あんなこと、ねだったりしない…！」

『雨楽さん…』

「あなたは優しい人です、有澄さん。俺が弱っていたから、見ていられなくて慰《なぐさ》めてくれたのかも知れない。でも俺は嬉しかったし、救われました。もしあなたが一時の慰《なぐさ》めとしか俺を見ていなくても、俺は…男同士でだって、この気持ちは変わらない」

『そんなことを言われたら俺、舞い上がっちゃいますよ』

「疲れて降りてくる時には、俺の所へ来てください。舞い上がっているのが有澄さんだけだなんて、思って欲しくはないですけど」

『…！』

優しくされて、応じられて。互いに望んだ以上の反応を貰《もら》えて、浮かれないわけがない。

しかも相手は同性で、恋愛対象であるのか確認もしていなかった。

「むしろ俺はジェットコースターみたいに、急速に近付いて貪《むさぼ》るように相手を知り尽くしてしまって、それ以上面白い刺激も情報も得られなくなって興味が失せて、急降下するように気持ちが冷《さ》めてしまうほうが怖い」

『それは…』

「店でぼんやりしている俺に有澄さんが気付いて、コーヒーのおかわりを勧《すす》めてくれて。あの時声をかけてくれなかったら、俺は今でも有澄さんを知らないんです」

自分はずっと寂しいまま、だけど有澄は雨楽を知らなくても何も困らなかったはずだ。

『…でも、雨楽さんは俺のコーヒーを飲んでくれましたよ。きっと俺の第一印象は最悪だったとは思いますが。あの時は雨楽さんが泣くんじゃないかと、必死だったんです。だから気を逸《そ》らせたくて。だから最初のことは許して貰えますか』

「有澄さん…謝るのは、俺のほうです」

『俺は雨楽さんのことを、もっと知りたいと思っています。だけどそれは好奇心だけの一過《いっか》性《せい》のものではありません』

「有澄さん、俺の…」

緊張で掠《かす》れてしまった言葉を、雨楽は乾く自分の唇を舐《な》めてから繰り返した。

溺《おぼ》れるように有澄への想いが膨《ふく》らんでいて、雨楽の中で御《ぎょ》しきれないでいる。

「俺の名前は高野《たかの》と言います。高野雨楽…それが俺の名前です。俺、ちゃんとあなたに名乗っていなかった。すみません」

『名前を教えてもらっても、いいんですか？』

「すみません、有澄さんに教えたくなかったわけじゃなくて、自分の名前ではないような気がしていたからです。言って、嫌われたくなかったから」

『見ず知らずの相手に、容易に教えたりする必要はないですよ。それとも養子縁組で名前が変わったからですか？　名前で嫌ったりは…』

好意的に解釈してくれる有澄に、相手から見えないと判っていても雨楽は頷いてから本当はそうではないのだと小さく首を振った。

「正直に言うと出生時の苗字《みょうじ》は、はっきり覚えていません。こんな俺ですが、俺もあなたのことを、知りたい。そして俺のことも知って貰いたい…俺のことを有澄さんが知り尽くしてしまうまでの間だけでも」

『あなたを知り尽くすなんて、不可能ですよ』

そう言ってくれる有澄に、ときめかないわけがない。

「有澄さんの好きな映画のこととか、教えて欲しいんです。俺、今まで趣味《しゅみ》らしい趣味もないし…娯楽《ごらく》に疎《うと》いのでお話してもつまらないと思いますが」

『勿論、俺でよければ喜んで。ではまた明日』

雨楽は手近にあったメモに、決めた待ち合わせ場所と時間を書き記す。

友人でもなんでも、どんな肩書きでも少しでも、拒《こば》まれることなく傍《そば》にいられたら。

自分の中で特別な位置を占めてしまっている有澄に、雨楽はそう小さく願うしかなかった。


雨楽が晴彦と共に社長室でおこなっていた業務が一段落した時、腕時計を見るとちょうど終業時間の一分前を示していた。

「あともう少し…」

映画の時間は二十一時からなので、その前に会って軽く食事をする話になっている。場所は新宿なので遠くないが、雨楽は初めての待ち合わせに一日落ち着かなかった。

終業の音楽が社内に鳴り、雨楽はまとめていた書類を手にして立ち上がる。

「では社長、私はこれで失礼致します」

「雨楽、今日どこかで一緒に食事でもどうだ？　変更になった来週の予定の調整もしておいたほうがいいだろう。食事をしながら…」

「大変申し訳ありません、今日は約束が入っておりますので」

「…珍しいな。接待か？」

そのままそっくり晴彦へ返したい言葉だった。これまで晴彦が仕事以外で夕食に誘ったことなど一度もない。特に業務予定のない金曜日、つきあっている相手がいるらしいと疑《うたが》っている晴彦のカマかけだった。

「いいえ」

有澄との約束を知るはずもないと、雨楽は内心の驚きを微塵《みじん》も見せずにいつもと変わらないポーカーフェイスでやんわりと首を振る。

「では私はこれで失礼致します」

「…」

晴彦に機嫌を損ねられてわざと面倒な業務を命じられて残業をさせられてはと、退出するために一抱えある重要書類の上に皮革《ひかく》のカバーをかけてあるスケジュール帳を載せた。

「…っと」

だが書類が滑り、落とさないようにのばした手はスケジュール帳にだけ届かなかった。

フロアに敷き詰められているシックな色合いの絨毯《じゅうたん》が、足元に落ちたスケジュール帳の音と衝撃を吸収し、思ったよりも派手な音にならずに済む。

書類を抱えたまま屈《かが》もうとする雨楽よりも早く、立ち上がった晴彦がスケジュール帳から散らばってしまったメモも一緒に拾って書類の上に載せた。

「何やってるんだ…」

「すみません…ありがとうございます」

「…」

滅多にない親切に動揺を隠しきれない雨楽へ、晴彦は舌打ちしそうな表情を浮かべてから自分の席へ戻っていく。

改めて挨拶をしてから退室していった雨楽を見送った晴彦は、拾い損ねた一枚のメモが床に落ちているのを見つけた。

「これは…」

新宿の待ち合わせ場所、約束の時間よりも二十分以上早く待っていた雨楽の所へ人混みを縫《ぬ》うようにして長身の有澄が近付いてくる。

その姿を、半ば惚《ほう》けるように雨楽は眺めていた。

洗練された趣味のいいシャツにパンツ姿の有澄は、特に目立つような派手な格好ではない。

それでも通り過ぎる女性達を中心に、注目を集めていた。

あれだけ整った容姿に長身なら、振り返られて当然だと雨楽は思う。

「すみません、おまたせしました」

普段からそうなのか、有澄は自分が注目されていることは気にしていないようだった。

だが雨楽のほうも、自分が有澄と同じように注目を集めているとは気付かない。

「まだ待ち合わせ時間より、早いです」

「ちょっと買い物をしていて…ふふ」

話ながら有澄は、堪《こら》えきれなくなって肩を震わせた。

「どうしました？」

不思議に思って首を傾《かし》げる雨楽の耳元へ、有澄は軽く屈み込む。

「雨楽さん、注目されていたから。…少しだけ、優越心《ゆうえつしん》です」

「え？　俺、どこか変ですか？　会社から来たので、スーツのままで…」

この格好ではいけなかったかと、自分の衣服を改めようとした雨楽の手を自然に握る。

「いいえ、その逆です。優越心です、って。遠くからでも雨楽さんの格好いいスーツ姿が判りましたから。通りすがりのＯＬさんとか、振り返って見てたんですよ」

「その言葉、そっくり有澄さんに返します」

「いや、俺は背が高いからですよ。雨楽さん、格好いいから…って、また『言われたことない』って表情《かお》してますよ？」

「本当に、そう思ってるからです」

「そんな雨楽さんにはい」

有澄はそう言って、自分が持っていた小振りの紙袋を渡した。

渡す時に、有澄の指先が雨楽の指先に触れる。

有名な北欧《ほくおう》ブランドのその紙袋は綺麗《きれい》にラッピングされ、一目でギフトだと判る。

「あの…これは？」

「プレゼント…というか。先に言っちゃいますけど、中味はカップです」

どうして自分に？　とまなざしで問いかける雨楽へ、有澄が照れ臭そうに笑った。

「来る途中見かけたんです。俺の部屋で使って貰おうと思って、勝手に選んでしまったんですけど。よかったら使って下さい」

「…！　ありがとうございます」

まさか贈り物を貰えるとは思わず、雨楽は驚きのまま両手で受け取った。

「ではちょっと移動しましょう、オススメの洋食屋が近くに…なんです？」

一緒に歩き出しながら、自分を見つめる雨楽へ有澄は首を傾げた。

「有澄さんはモテるだろうな…って思って。あんなふうにサプライズの贈り物を貰ったら、なんだか自分が特別になったみたいで…女性ならきっと舞い上がってしまいます。男の俺でもそうだから」

「これくらいのこと、いくらでも。それに雨楽さんが特別なのは、本当です」

「有澄さん」

雨楽が本気で困っているのが判るから、有澄はこれ以上苛《いじ》めることはしない。

「あ、別に誰彼《だれかれ》にもするってわけじゃないですよ？　接客業スキルってワケでもない…すみません、正直に言うとちょっとでも雨楽さんに触れるチャンスを逃したくなかったんです。それと、雨楽さんに喜んで貰えたら嬉しいなあって下心なんです」

「どうして、俺なんかに…そんなふうにしてくださるんですか」

それはずっと、雨楽が有澄に対して思っていることだった。

自問自答のような呟きに、有澄はその唇に優しい笑みを浮かべる。

「もう気付いて貰えていると思うんですけど。それに…多分、ですが。雨楽さんが世界で一番、ご自分の魅力に気付いてないですね」

「俺に魅力なんか、ないですよ」

困った口調のまま即答する雨楽が愛おしくて、有澄は笑顔のままだ。

言葉にしなくても、有澄からは雨楽と一緒にいるのが愉《たの》しくて仕方がないと彼の表情や仕《し》種《ぐさ》から痛いほど伝わってきていた。

「うん、雨楽さんはきっとそれでいいと思います。あなたが気付いていない素敵な部分は、ちゃんと俺が知ってますから。だからそんな雨楽さんが安心出来ることを伝えます」

「？」

子供のようにきょとんとした表情を浮かべた雨楽を笑顔で見つめたまま、有澄は彼だけに伝えるために少しだけ彼へと屈む。

「俺とつきあってくれませんか？　買い物につきあってくれとかの意味ではなく、交際してください、の意味で。俺の恋人に、なって欲しいんです」

「⁉　…！」

「あ、先に訊かずにすみません。どなたかともう、おつきあいされていますか？」

言われたことに驚いて、思わず聞こえてきたほうの耳に手をあてた雨楽へ有澄が問う。

「…っ」

驚きにすぐに言葉が出ず、雨楽は必死に首を振った。

「いません、そんな人…どうして、有澄さん？」

「俺にとってあなたが特別だって判って貰えたら、慰めや、からかいで言っているわけではないと信じて貰えるかなー、って」

「信じます…！　でも俺、有澄さんにそんなことを言って貰えるような人間では…」

有澄は言いかけた雨楽の前へ人差し指を立てた。それだけで、続けられなくなる。威圧的《いあってき》なわけではないのに、有澄にはどこか逆《さか》らい難《がた》い不思議な力があった。

思えば、一番最初に逢った時からそんな雰囲気を有澄は持っている。

「雨楽さんが自分で見つけられない魅力を、俺が知ってます。もし今雨楽さんが誰かとおつきあいしてたり、好きな人がいないいないなら俺とつきあってください。そうしたら、どうして俺が雨楽さんにそう言うのかも、きっと判ってくると思いますよ。お返事は急がないので…」

「俺…！　つきあっている人はいません。だから…俺でよければ、よろしくお願いします」

そう言って雨楽は耳まで紅潮させたまま、深く頭を下げた。

即答の雨楽へ、今度は有澄のほうが慌《あわ》ててしまう。

「待って、雨楽さん…！　そんなに簡単に決めてしまって、大丈夫ですか？」

今度は顔を上げた雨楽から、真《ま》っ直《す》ぐ有澄を見つめる。

「…じゃあ有澄さんにお訊きします。俺は特に取り柄らしい取り柄もない、肩書きも持っていない、ただのサラリーマンです。こんな俺の…どこがよかったんですか？　俺、男だし…有澄さんなら、きっと魅力的な女性も」

有澄がゆっくりと首を振る。真摯《しんし》なまなざしは、変わらずに。

「俺が惹《ひ》かれたのは雨楽さん、あなた自身にです。自身に、というか内面です。肩書きとか社会的位置とか、そういう外側には興味ありません。勿論、それも雨楽さん自身を構成する一部ではありますが。…あ、実は雨楽さんの顔も大好きですが」

「…」

最後の惚《とぼ》けた有澄の口調につられ、雨楽の表情が和《やわ》らぐ。

「ちゃんと言葉にして伝えないと伝わらないので何度でも言います。一目惚《ひとめぼ》れなんです。どんなあなたでも、俺が好きになったあなただ。むしろ同性で幸いなくらい」

「もし俺が、本当は凄い悪いことをしている悪人でも？」

「そう見えませんけど、たとえそうでも。もし雨楽さんが人道《じんどう》に悖《もと》るおこないをしているのなら、そうではないもっと生き甲斐《がい》のあることを見つけて貰えるようにします」

「悪いことならすぐにやめさせる、とは言わないんですね」

「言わないです。雨楽さんの人生で、それをおこなう必要があったからそうしていたのだと思うので。俺は雨楽さんが生きてきたこれまでのことを否定したくないし、その権利もありません。でもこれからのことなら…一緒にいられれば、手伝えることがあると思います」

「これから先、気に入らないこととか何かあったら…ちゃんと言ってくれますか」

「大丈夫です。無理強《むりじ》いはしないかわりに、自分も我慢《がまん》はしないです。どうか俺の前では、雨楽さんらしくいてもらえれば…俺は、そのほうが嬉しいです」

雨楽は有澄の言葉を嚙《か》み締めるかのように、何度かぎこちない仕種《しぐさ》で頷《うなず》いた。

そして改めてもう一度深く、頭を下げる。

「ふつつか者ですが、こちらこそどうぞ、よろしくお願いします」

「うわ…それ、お嫁さんに来て貰う台詞《せりふ》みたいで、ときめきました。こちらこそ、どうぞよろしくお願いします。とりあえず今日は、デートを愉しみましょう」

行きましょうと有澄に促され、雨楽は一緒に待ち合わせ場所を離れた。

予定通りに先に軽く食事を済ませてから、二人は映画館に向かう。

レイトショーのせいなのか、観客の数はまばらで有澄達を含めても全部で二十組もいなさそうだ。

二人は全体が見える後方中央へ席を決め、並んで座る。レイトショーを観る観客達の中で、一番後ろの席になった。

「…俺、映画館で映画を観るの実は久し振りなんです。こういうのって誰かと一緒に観て、後で色々感想を出しあったりするのが愉しいんですよね」

「あぁ判ります。雨楽さん、誰かと一緒に映画を愉しむ面白さをご存じじゃないですか」

「いや…学生時代の頃《ころ》ですよ？　以前、映画館で観た映画も思い出せないくらいで」

上映のベルが鳴り、場内が暗転する。予告作品のＣＭがスクリーンに映し出され、その仄《ほの》かな明かりが雨楽へと体を寄せた有澄の横顔を映し出していた。

「じゃあこれからは、俺と映画を愉しんでくれませんか？　それこそ数えきれないくらいの映画を観て、いろんな所へ一緒に出かけて」

「有澄さん…」

頷こうとして、それでも躊躇《ちゅうちょ》する雨楽の手に有澄は自分の手を重ねる。

雨楽が頷こうとしてくれただけで、有澄は嬉しくて舞い上がりそうでいるのだ。

「…ね、雨楽さん。暗転すると、まるで世界で二人きりになったように思いませんか？」

「思い、ます」

有澄の顔が、近い。近いと、彼とのキスを思い出してしまう。

もしかしたらそんな自分の心を読まれて、物欲しそうな表情で有澄を見ているのではないかと雨楽は気が気ではなかった。

雨楽の緊張など知らぬ様子で、有澄は周囲に聞こえないくらいの抑えた声で囁いた。

「暗くなるとキス、したくなりませんか？　誰にも内緒ですけど」

誘うように、重ねていた有澄の手が雨楽の柔らかな髪に触れる。

雨楽はそんな有澄を見つめたまま、欲しがるように首を傾げた。

「なり…ま…んぅ」

「よかった、俺もです。…バカップルですよね、俺達」

観客席の中では自分達が一番後ろの席だ、上映が始まって他の観客はわざわざ背後を振り返っては見ないだろう。誰も見ていない、だけど誰かが同じ空間にいる。

見られたくないけど、見られるかも知れない。

隣にいる相手は特別な人で自分のものだと、誰かに自慢したい気持ちもあって。スリングな気持ちも相手を愛おしいと想う気持ちの燃料になってしまって、本来用心深いはずの普段の彼らなら絶対にしないはずなのに。

「ん…」

二人は予告映画もそっちのけで、恋人同士でしか絶対にしない口づけを重ねた。

誰も見ていない、だから大丈夫。もし見られても、自分達のことを知らないのだから。

どちらもそう、信じて疑わなかった。

…雨楽の後をついてきた晴彦が、そんな仲睦《なかむつ》まじい二人を見てしまっていた。

最初に晴彦が感じたのは、不意に横殴《よこなぐ》りにあったような衝撃だった。

その直後に怒りが込み上げ、どす黒い感情が自分の中を一瞬で埋め尽くした。

社長室の床に残されていた、待ち合わせ場所が書かれていたメモ。

『有澄』と書かれていたことから、相手は女性だと信じて疑わなかった。

浮き足立つように会社を後にした雨楽をつけていくと、まさにその待ち合わせ場所に来たのは自分と同じ男だったのだ。

駆け寄ってきた長身の男に気付いた雨楽が、一瞬で明るい表情になった瞬間を思い出すだけで血が沸騰《ふっとう》する。沸騰させたのは、怒りだった。

雨楽のあんな穏やかな表情など、家にいた時でも一度も晴彦に見せたことはない。

そもそも彼が友人と待ち合わせして出かけるなど、晴彦は聞いたことがなかった。

雨楽には自分がいるし、だから彼にはそんなプライベートな人間など必要がないと思い込み、疑わずにいたのだ。

自分の知らない相手、晴彦の知らない雨楽の表情と明るい笑い声。

メモに書かれていた映画のタイトルから映画館をつきとめ、入っていく二人の後を追い、そして暗転したホールの中で晴彦は彼らの背後からキスを目撃した。

たとえとしてはおかしいと晴彦は自覚しているが、まるで妻の浮気現場を目撃してしまった夫が感じたような裏切りの衝撃。

周囲の人間の迷惑にならないよう耳元で囁く相手の男に、雨楽は顔を寄せて聞いている。

そして雨楽も相手へと手を添えて耳打ちし、肩を竦《すく》めて笑っていた。

仲睦まじいとしか言いようのないそんな二人の様子から、あの男こそが以前雨楽が朝帰りした相手なのだと晴彦は怒り狂いながらも察してしまう。

目撃した瞬間感じた不快感は、互いに求めあっての口づけだと判る故《ゆえ》の嫉妬と憎悪だ。

同性同士で穢《けが》らわしいと侮辱《ぶじょく》する感情が晴彦の中で膨れあがるのと同時に、それは初めて雨楽を見た時からずっと抱《いだ》いていた劣情と同じものだと突きつけられる。

「どうして、雨楽…」

自分の所有物だからとなんの心配もなく放置していたオモチャが、気がつくと誰かに奪われていたのだ。なのに、主《あるじ》であるはずの自分は手出しも出来ず後ろで立ち尽くしている。

「…っ」

腹の奥から噴《ふ》き上がってくるどす黒い己《おのれ》の感情が喉《のど》で詰まり、晴彦は信じ難い現実に怒りの声すら上げられないまま逃げるように映画館を後にした。

「クソ、どうして俺が」

だが家に帰っても苛立ちと不快感は収まるどころか増幅するばかりで、晴彦の唇から繰り返し出るのは、同じ言葉だった。

何度寝返りを打っても知らない男とキスをしていた雨楽の姿が繰り返し浮かび、もしかしたら今まさにこの時間、裸で愛しあっているのではないかという疑心暗鬼と勘繰《かんぐ》りに眠れない夜を過ごしてしまう。

結局雨楽のことが頭から離れなかった晴彦は業《ごう》を煮やし、翌日の夕方に約束もないまま雨楽の部屋を訪れようと出かけ、その途中で再び彼にとって最悪の光景を見ることになった。


…見つけたのは、偶然以外になかった。

駅を出て不慣れな道に迷ってしまい、判りやすい道を探すために曲がった通りの向こうに『キャロル珈琲店』の看板を見つけたのだ。

隣の駅に自社のコーヒーショップがあり、業績は他の販売地区に比べて芳《かんば》しくない。ターゲットとなる客層が少ないためという報告書を受けていたが、同様の客層であるはずの目の前の『キャロル珈琲店』はほぼ満席状態で席が埋まっていた。

駅前の通りではないのにもかかわらず繁盛《はんじょう》している様子に興味がわいた晴彦は、どんな種類の人間が多く利用しているのか偵察しようと信号を渡って店に近付いた。

過ごしやすい今の季節柄、外にもテーブルを出してテラス席を設けている。人通りもそれなりにあるが、街路樹に見立てて配置されている観葉植物の鉢が適度な目隠し効果になり、解放感のある居心地の好さそうなオープンテラスになっていた。

「！　雨楽」

そのテラス席に、雨楽が一人で座っていた。

もうすぐ夕方が訪れる一番深い午後、頬杖《ほおづえ》をついて手元のタブレットを操作している。

いつもはゆるくセットされている髪も今日は前髪がおりていて、ラフな私服で普段よりもずっと若く、まるで学生のように見えた。

「雨…」

わざわざマンションまで行く手間が省けたと、弾みそうな声で呼びかけようとした晴彦はタイミングよく雨楽の席へコーヒーを運んで来た店員に息を飲む。

「あの男…」

見間違えるわけがない、昨夜雨楽と一緒にいた男だった。

「あの男、この店で働いていたのか…」

器用に片手でトレイを支えていた男は、雨楽と談笑しながらテーブルにコーヒーを載せると一緒に運んで来た色違いのふたつのラバーストラップを見せている。

店のノベルティらしい黒と緑のストラップのうち、雨楽が選ぶ前に緑を渡してしまう。雨楽もそれが当然と言わんばかりに、差し出されなかったストラップと受け取ったストラップを比べて笑っていた。

「あいつは、雨楽の好きな色を知っている…のか…?」

無理矢理抑え込んでいた感情が、晴彦の中で再び噴き上がっていく。

あの男は何故、自分が知らない雨楽のことを知り、それが当たり前のようにいるのだろう。

テラスで親しげに話をしている二人は、昨夜映画館で見た姿と重なる。

知らない者であれば、顔馴染みになった常連客に店員があまりかしこまらずに接客をしているようにしか見えない。傍目《はため》で見ても雨楽に対してそつのない対応だ。

こんな人目のある場所で彼らが不埒《ふらち》な行為をしないと判っていても、昨夜のことを知る晴彦には気が気ではない。

「オーダーを置いたら、すぐに仕事に戻ればいいだろう。…そうだ」

雨楽に電話を入れれば、仕事中のあの男は通話の邪魔にならないようにテーブルから離れるはずだ。または他の客の迷惑にならないよう、雨楽が席を立ってもいい。

少しでも二人を引き離したい一心《いっしん》の晴彦はスマホを取り出すと、雨楽へと電話を入れる。

「…」

晴彦は呼び出し中のスマホを耳にあてながら、離れて見えている雨楽の様子を窺《うかが》った。

男と話していた雨楽はすぐに着信に気付き、カバンの中に入っていた自分のスマホを出して相手を確認する。

席を離れようとする男の反応までは予定通りだったが、画面を覗《のぞ》いていた雨楽が大丈夫だと呼び止めてからスマホの画面を操作した。

「…！」

その直後、呼び出しを聞いていた晴彦の耳元に留守番電話サービスのメッセージが響く。

信じられず再び雨楽を見ると、店員が『誰？』と訊いているようだ。それに対し、雨楽は軽く首を振って電話に出なくてもいいとスマホをカバンにしまってしまう。
二、三のやりとりの後、店員は笑いながらGJ《グッジョブ》と言うように親指を立てて見せた。
晴彦にはその様子が、電話を取らずに切ってしまった雨楽の行為に対し、よくやったと誉《ほ》めたように見える。少なくとも、無関係ではないはずだ。

「どういうつもりだ…雨楽」

目の前で見せつけられた自分の扱いに、晴彦の我慢は限界を超えた。


「電話、出なくていいんですか？」

相手を確かめてから留守番電話サービスへ転送した雨楽に、有澄が心配そうに問う。雑談を交《まじ》えながら、ハンドドリップで淹《い》れて貰ったコーヒーの説明を聞いていた雨楽はやんわりと首を振る。

「義兄さんからです。オープンテラスとは言えここは店内なので、後でかけ直します」

「もし急ぎの連絡だったら？　または…たまには会おうとか」

気遣う有澄へ、雨楽は曖昧《あいまい》に笑う。

「少なくとも、後者は家を離れてから一度もないですよ」

「一度も？　俺の兄貴からは隙《すき》あらば飯を食おうって連絡来ますよ。もっとも俺より、向こうのほうが忙しいせいなんですけど」

「有澄さんも忙しいのに。同じ兄弟でも、これだけ違うんですね」

雨楽らしい言葉に、有澄は慰めるように笑う。彼はいつもこうして、雨楽を安心させてくれる笑顔を向けてくれていた。

「そんなふうに気遣って、雨楽さんは俺とのデートを断ったりしないでくださいね？　俺、隙あらばデートの予定を入れるつもり気満々なんで」

「しません…！　俺だって、逢いたい…です」

つい即答してしまった雨楽へ、有澄は嬉しさに思わず親指を立てる。

「…というのを業務中やったのが店長に知られたら叱《しか》られるので、今のは見て見ぬふりをお願いします。本音ですけど」

昨夜も映画の後はアルコールを軽く入れたが、終電よりも余裕がある時間で帰っていた。少しでも長く一緒に居たい有澄は当然部屋に誘ったが、翌日仕事があると知っている雨楽は、その誘いを辞退《じたい》している。

そんな雨楽の気持ちが判るから、有澄も無理強い出来ない。

こうして有澄が仕事中の午後に訪れてくれるだけでも、嬉しかった。

「…こんなふうに、次の約束があるんだろうなって思うのは嬉しいですね」

照れ臭そうな雨楽の呟きに、有澄も深く頷いた。

「それが雨楽さんだと思うと、俺は余計に嬉しいです。自分から言い出したこととはいえ…笑わないで下さい、実は昨日の申し込み、あなたに断られたり引かれてしまっていたらどうするつもりだったんだ、って家に帰ってから怖くなって震え上がりました」

「有澄さんが？　本当に？」

意外そうな雨楽へ、有澄は生真面目《きまじめ》な表情のまま続ける。

「あ、本当に？　って雨楽さんに言われてしまった。信じて貰えないとは思いますが。俺、誰かに告白してつきあってくださいって言ったのは雨楽さんが初めてです」

「そうだったんですか？　俺はてっきり、慣れているのかと…」

「女性《あっち》が駄目なの、俺は誰にも言ってないんです。仲がいい兄にも言ってません」

「どうしてですか？　…って、すみません、これ立ち入った話ですね」

「俺に興味持って貰えて嬉しいので、なんでも訊いてください。俺のこれは昔からで、仲がいいからこそ言えません。…心配されるし、おそらく俺の気持ちに寄り添ってくれようとして共に苦しませてしまいます。言えないだけで、嘘《うそ》をついているような気持ちなので」

「…」

穏やかに笑いながら教えてくれた有澄の言葉から、本来は誰にも見せることのない苦しみの片鱗《へんりん》が窺えた。

親しい相手にでさえ本当のことを伝えられない、隠している後ろめたさ…良心の呵責《かしゃく》。何も悪いことはしていないのに、同性を好きになってしまうだけで罪を犯してしまったよう。

「…それでも、俺に伝えてくれたんですね。嫌われてしまう可能性だって、あったのに。ありがとうございます、有澄さん。俺、あなたでなければ絶対うん、と言わなかった」

さりげなく、だけど真っ直ぐな優しい言葉で有澄が伝えてくれたから、心に響いた。

自然だったから告白慣れをしているのと思っていたのに、そうではなかったのだ。

「雨楽さん。でも俺は、あなたを巻き込んでしまってます」

違うから、雨楽ははっきりと首を振る。

「きっかけであって、判断したのは俺です。だから巻き込まれてなんかいません。知ってしまった部分はもう俺に隠す必要がないですよね？　その部分は気を楽にして欲しいです。むしろ有澄さんの守備範囲が男性だったことで、俺があなたに見つけて貰えた」

雨楽もまた穏やかな笑顔で、上辺《うわべ》だけの言葉ではないと有澄に伝えている。

「ありがとう。そう言ってくれる雨楽さんだから、俺は…」

言いかけた有澄の言葉は、突然通りから現れた晴彦の声に中断されてしまった。

「雨楽…！　お前、どういうつもりだ」

「⁉　義兄さん…！」

社長と呼ばず、義兄と読んで貰った嬉しさと同時に、雨楽の顔から一瞬で笑顔が消えた不快さに晴彦は神経質に眉《まゆ》を寄せた。

「どうして、ここに？　今日は義父さん達とゴルフじゃなかったんですか？」

「帰りにお前に会うために、電車で来たんだ」

「俺に…？」

普段どれだけ誘いがないのか窺える、雨楽の反応だ。

「俺のことはどうでもいい。雨楽、お前一体どういうつもりなんだ。どうして出られる状態なのに、かかってきた電話に出ないんだ？　この間もそうやって、俺の電話を無視したのか」

「…」

突然現れた晴彦の、尋常ではない怒りの様子に雨楽は萎縮《いしゅく》して言葉が出ない。

有澄は彼らが過去どんなふうに過ごしていたのかは知らないが、それでも充分常に晴彦が雨楽を支配していたことが判る。

「…まるで所有物だな」

「え？」

隣に立っていた有澄は小さく呟くと、雨楽を庇《かば》うようにやんわり前に移動した。

「いらっしゃいませ。お客様と、お待ち合わせでしょうか？」

「…貴様が雨楽を唆《そそのか》したのか？　一介《いっかい》のウェイターが」

「義兄さん…！　違います、彼は…」

「じゃあ何故今電話に出なかった…！　俺からの電話なら切ってもいいと、この男に言われたんだろう？　俺は今、一部始終向こうから見ていたんだからな。雨楽は俺の電話だと知って、出たくないから留守電にしたんだろう。違うのか？」

「…！」

いつから晴彦は自分達を見ていたのか、緊張で息を飲む雨楽とは対照的に、有澄は軽く息

をついてから再び口を開いた。

「私は高野様に、電話の操作を指図出来る立場ではありません」

「じゃあどうして今、親指を立てたんだ？　よくやったと雨楽を誉めたんじゃないのか？」

「違います。そんなことは致しておりません」

周囲の客の目もあり、有澄の声は抑え気味だ。彼の声質と響き、静かな口調はつい聞き入ってしまう力があった。

「かかってきた電話は、必ずしも出なければならない義務はありません。傍目では出られる状態のように見えても、状況的に今出るべきではないと判断することもあると思います」

「今の雨楽がその状態だったと言うのか？　俺が、お前達のことを知らないとでも思っているのだろう。昨夜映画館で、何をしていた？」

「…っ‼」

晴彦の指摘に弾かれるように顔を上げた雨楽に対し、有澄は泰然《たいぜん》としていて眉一つ動かさない。そんな有澄の態度も晴彦には腹立たしさが募るばかりだ。

「義兄さ…それは…」

雨楽の声を遮《さえぎ》るように、有澄の返事が重なる。

「誰かに後ろ指さされるようなことは、何も」

「有澄さん…！」

晴彦の言葉には動じる様子などかけらも見せなかった有澄は、雨楽の声に反応して慰めるようなまなざしを向ける。

「だって本当なので。…お客様、メニューをお持ち致しましょうか？」

暗に席に座るか否かを問う有澄に、晴彦は眦《まなじり》をつり上げた。

「誰がこんな店でコーヒーを飲むか…！　雨楽《お前》も！　我が家の人間であるなら、入る店をわきまえろ！　私の顔に泥《どろ》を塗る気か。帰るぞ、来るんだ」

「…！」

飼い犬に命ずるような晴彦に、初めて有澄が反応して顔色を変える。だが有澄が何か言おうとするよりも早く、その腕を雨楽が捉えた。

「駄目です」

「雨楽さん…ですが」

誰よりも晴彦の性格を知っている雨楽は、無言でゆっくりと首を振って有澄を止める。

「ご迷惑おかけしてすみません、今日は帰ります」

「雨楽さん」

「俺は大丈夫です」

有澄は雨楽よりも早く、テーブルの上に置いてあったレシートを手にした。

「この精算は済ませておきます、だから雨楽さんはこのまま行って下さい」

短気な晴彦でも支払いを済ませるだけの時間は待つだろう、有澄に任せなければならないほどの急ぎではない。

「有澄さん、でも…」

有澄が支払いを申し出た理由が判らず首を傾げた雨楽へ、有澄は小さく唇を動かした。

声のない言葉に有澄の意図を勘良く察した雨楽は、小さく頭を下げる。

「判りました、ご迷惑をおかけしますが立て替えをお願い致します。後ほど、必ず支払いに参ります」

「はい。もし私がいない時は、連絡をお願いします」

「判りました」

『…あとで、また』

晴彦には見えないように有澄はそう唇を動かした。精算は口実で、心配だから後で連絡をして欲しいと雨楽に伝えたのだ。

「…何かあれば、呼んで下さい。すぐに行きます」

「…」

雨楽にしか聞こえない抑えた声で囁いた有澄へ、雨楽は小さく頷いてから店を後にした。

「雨楽、お前の部屋へ行く」

店を後にした晴彦はそう宣言したきり、雨楽のマンションへ到着するまで一言も口を聞かなかった。雨楽もまた、先日殴られたとき以上に不機嫌な様子の晴彦に逆らうことなく、部屋まで案内する。

「…『TAKANO』の人間でありながら、ライバル会社の店を利用するとは。他の社員に示しがつかないと思わないのか？　お前は本当に駄目だな、恥を知れ」

後から部屋に入った雨楽へ、晴彦は背中を向けたまま不機嫌も露《あら》わにそう吐き捨てた。

だが無言のままで反応しない義弟へ焦《じ》れ、振り返る。

「お前、何を考えているんだ？」

「私はあの店では、ただの利用客です。『TAKANO』の肩書きを背負ってコーヒーを飲んでいたわけではありません」

「言い訳はするな…！」

見渡すまでもなく雨楽の部屋は相変わらず、モデルルームのように生活感がない。

だがソファの上に昨夜の映画のパンフレットが置かれていた。

それだけで晴彦は、嫉妬で血が逆流するような憤《いきどお》りを感じる。

「義兄さんの言葉では、私達は『TAKANO』の関連企業しか利用出来なくなります。それは不可能です」

内心期待していた詫《わ》びの言葉がない雨楽へ、晴彦はさらに声を荒げた。

「そういう意味じゃない！　あの男がいるから、店へ通ってるんだろう⁉」

だがそんな晴彦とは対照的に、雨楽はいつもと変わらない。

変わらないが、晴彦への怒りを表に出さずに静かに抑えているだけだ。

「…今日は公休日です。遠方ならともかく、休日の自宅周辺への施設利用に行き先の許可を上司に貰う職務規程はありません」

雨楽の声はいつも通りだ。だがその表情や仕種は、店にいた時とは別人のように違う。

目の前の雨楽の態度が普通だと思っていた頃には違和感がなかったが、違うことを知ってしまった晴彦には不快極まりない。自分に対してはビジネス用の口調とでもいうのか、少なくとも親しい相手に向けるものではないのが手に取るように伝わってくる。

「職務規程に反してなければ何をしてもいいのか？」

「…」

「またたんまりか。この間の朝帰りも、あの男なんだろう？　入れ知恵でもされたか？」

「違います」

むしろ有澄は気遣ってくれていた。晴彦を否定するわけではなく、雨楽との関係の改善を望んでいた。

「ではお前が誘惑でもしたのか。…女より、男のほうがよかったとはな」

「…」

「…は！　それは否定しないのか」

「私のことは何を言われてもかまいませんが、彼のことを悪く言うのはやめてください」

「店にいたあの男とは、どんな関係かと訊いている」

「友人です」

即答する雨楽の返事に惑《まど》いはない。

「お前はただの友人と、人目を憚《はばか》った映画館でキスをするのか？」

「…」

本心が知りたくてわざと言った晴彦の言葉にも、雨楽は他人事《ひとごと》のような表情で受け流す。

「答えられないのか」

いつから雨楽は、こんなふうに本音を上手に隠して晴彦に接して来ていたのだろう。

いつも柔らかく笑っていた表情の裏で、何を考えていたのか。

疑い出すときりがない、だが知ってしまったら見て見ぬふりは出来なかった。

「答えろ、雨楽」

「言いたくありません」

「何故だ」

「義兄さんに、関係ないことだからです」

「雨楽…！」

思わず胸ぐらを摑《つか》んだ晴彦にも、雨楽はされるままだ。

雨楽の気持ちが判らず、だが晴彦が考えていた以上に遠いことだけは、判る。

「命令だ。お前が高野の人間と言うのなら、あいつと会うのはもう、やめろ」

晴彦の言葉に、雨楽は息を飲んだ。ようやく反応を示した雨楽に、晴彦は何とも言えない奇妙な高揚感を感じる。

「冷静に考えてみろ。『TAKANO』の家の男の相手がライバル会社の従業員で、しかも同じ男だ。それを知った世間がどう思う？　会社はイメージが大事なことくらい、お前もよく判っているはずだ。ライバル会社に足を掬《すく》われたらどうするつもりだ」

「…」

摑みかかりそうな勢いの晴彦の瞳に映っているのは、物言いたげな雨楽だった。

「なんだ、その目は。言いたいことがあったら言ってみろ」

「…義兄さんが心配するのは、会社のことだけなんですね」

「…？　当たり前だろう？」

お前は何を言っているんだと言わんばかりの晴彦に、雨楽の顔に一瞬哀《あわ》れむような表情が浮かぶ。だが晴彦には伝わらない。

だが雨楽が不快を示したことだけは、晴彦にも判った。

「…なんだ、その目は。俺が言っていることが間違っているとでも言いたいのか？　お前は俺の物だ、自分でもそう言っただろう？　自分で言っておきながら、何故逆らう」

「逆らってなど、いません」

逆らう選択肢すら、晴彦は雨楽に与えていない。これからも、変わらないだろう。愚《おろ》かだとさえ思うほど、従順でおとなしい義弟だったはずだ。今も、逆らおうとはしない。なのに、晴彦は腹立たしさがおさまらなかった。

自分の知らない雨楽があることが、晴彦には許し難《がた》いのだ。

「お前にとって、俺と…！　あの男とどう違うというんだ？　お前が小さい頃から家族でいた、大企業の社長である俺のほうが、ただのウェイターより劣るというのか？」

「違います、彼は…」

「そういう相手ではないと？　そもそもお前は、いつから男のほうがよかったんだ？　双葉の営業部長がお前を懇意《こんい》にしていたのも、実はお前が誘惑していたんじゃないのか？」

腹立ちからだとしても晴彦のあまりの言いように、雨楽は言葉を失ってしまう。

「義兄さん…」

「あの男と寝て、まるで自分が特別になったような気持ちで舞い上がっているんだろう。お前達は俺達同性の男も、性的な目で見ていたのか？　気持ち悪い」

それ以上は、耐えられなかった。

「何も知らないくせに…！」

「何…」

「彼のことを何も知らないくせに、勝手な憶測で彼を辱《はずかし》めるのはやめてください」

あの有澄ですら、穏やかな笑顔の向こうに苦しみを隠し持っていた。理解されないことを、相手を悲しませてしまうと知っているから、心を許している相手にも言えなかったと。

「気持ちが悪いと本当のことを言って、何がいけないんだ。俺は間違っていることは言っていないだろう！」

「…誰かを好きになってしまうことは、自分で選べない。そこに正しいも、間違いもありません。好きになった人が同性だったら、今の世界では苦しみのほうが圧倒で好きになったことすら罪のように苦しむ。自分で自分を否定するしか、術《すべ》がないことだってあります」

「…！」

雨楽の言葉が晴彦の胸に突き刺さる。

晴彦が今必死に否定しようとしている、雨楽に対してずっと抱えている醜《みにく》い欲望と劣情に気付いていると、雨楽本人から突きつけられているようだ。

「私は何を言われてもかまわない、だけど何も知らない義兄さんが彼を侮辱するのはやめてください。その苦しみを理解しようとしない人が、生理的な反射で彼を否定するな」

「雨楽、貴様…！　自分のしていたことを正当化して、逃げるのか？」

「逃げません、私は逃げたりしない」

一番最初に雨楽を見た時と変わらない、子供のように無垢《むく》で澄んだ瞳を真っ直ぐに晴彦に向けている。雨楽の瞳が、自分から何もしない者が勇気で行動した者を汚いと罵《ののし》ることは許さないと晴彦を責めていた。

だが晴彦は、それでも自分の気持ちに向き合うことを拒絶した。

気付いていても知っていても、絶対に認めたくないからだ。

「お前はその性癖を使って、同じ趣味を持つ双葉の営業部長を誘惑して契約を取っていたのか？　そうなんだろう？　その対価に肉体関係を結んでいた。俺の名代として取引先に土下座したのは、自分を屈服させた者に対して憂さ晴らししていたんだろう。それで俺に殴られたのは、計算外だっただろうがな」

晴彦らしくない口汚い罵《ののし》りに、雨楽は必死に首を振る。

「違います、私はそんなことしていません」

潔癖《けっぺき》な雨楽がそんなことするはずがないと、晴彦も判っていた。だがそれは仕事上のことで、プライベートでは…顔立ちの整った、妙にまなざしの強いあの男となら、裸で愛しあっているのかと思うと嫉妬で我を失なっている。理性では抑えられない激情だった。

…そうだ、いい方法があるじゃないか。

晴彦は唇を歪めて笑う。

「口だけなら、いくらでも言える。お前が本当にしていないというのなら、証明してみろ」

「証明…？　どうやっ…義兄さん…⁉」

言うが早く、晴彦は雨楽をソファへと押し倒すと上から覆《おお》い被《かぶ》さった。

「簡単だ、本当にあいつらとセックスしていないのかどうか、俺と寝てみれば判るだろう。幸運なことに、俺とお前とでは血が繋《つな》がっていない。男同士だから妊娠《にんしん》する心配もない」

「…‼」

晴彦はそう宣言すると、まるで餓《う》えた獣《けもの》のように乾いた自分の唇を舐めた。

雨楽の手首を握ってソファへ釘付けにしている晴彦の手が、汗ばんで気持ちが悪い。雨楽への欲情を隠そうとしない晴彦に、雨楽は全身に鳥肌をたてた。

「やめてください、義兄さん…！」

「他の男にはさせて、俺は拒むのか？」

「…っ、やめろ…！」

「うわっ⁉」

腰を挟むように跨《また》いで上から体重で押さえつけようとした晴彦を、雨楽は腕の力だけで弾みをつけて押しのける。後ろへよろめいて尻餅《しりもち》をついた晴彦をそのままに、雨楽はカバンを摑んで玄関へ急いだ。

「待て、雨楽！」

「一人で少し頭を冷やしてください…！　そして私が帰ってくる前に出て行ってください。まだ部屋にいるようなら、俺は警察を呼びます」

「雨楽…！　もしお前が女だったら、とっくに犯《おか》していたのに！」

それは長い間ドス黒い想いを抱いていた晴彦の、いびつに歪んだ形の告白でもあった。だが雨楽には通じない。冗談とは思えない晴彦の言葉に、雨楽は首を振る。

「じゃあ、私は自分が男だったことに感謝します」

「お前は俺の物だろう⁉　兄である俺に逆らうな！　お前が高野の姓を名乗るのなら、ここへ戻って来るんだ」

「心は違う！　それに、好きで高野を名乗ることになったわけじゃない…！」

「‼」

「義兄さん、あなたが私の義兄と言うのなら、これ以上失望させないでください。私が高野に相応《ふさわ》しくないというのなら…、私は喜んでこの名を捨てます」

「違う…！　待て、雨楽！　雨楽！」

雨楽はそれだけを言うと、呼び止める晴彦の叫びも無視をして部屋を飛び出す。

「…っ」

多少の体軀《たいく》の差があっても成人している男が本気で抗《あらが》えば、ドラマやAVのように簡単に組み敷かれたり乱暴に至ることはないと判っていても精神的ダメージは大きい。

自分の動揺《どうよう》を抑えながら、雨楽はマンションの一階エントランスから念のため高野の実家へと連絡を入れて晴彦の迎えを依頼した。

自分の部屋にいる理由を晴彦の体調不良だと告げたので、誰かが必ず迎えに来るだろう。

「…では、よろしくお願い致します」

通話を切ったスマホを両手で握り締め、雨楽は途方《とほう》に暮れる。

「これで義兄さんがいつ、帰るかだけど…どうしよう、どこで時間を潰そう」

晴彦が部屋から降りてくるかも知れない、いつまでもここにはいられなかった。

真っ先に浮かんだのは、有澄がいる『キャロル珈琲店』だ。だが行けば有澄は心配するだろうし、仕事中の彼にまた迷惑をかけてしまうかもしれないと思うと、行く勇気が出ない。

突如豹変《ひょうへん》した晴彦に、雨楽はまだ動悸《どうき》がおさまらないままだった。

電車に乗って出かける気にもならないし、それ以前に『キャロル珈琲店』でコーヒーを飲むつもりだけでいた雨楽は財布に大金を持ち合わせていなかった。

もともと雨楽は休みには殆ど自分の部屋で過ごすタイプでいたため、外での時間潰しの方法がすぐに思いつかない。

「有澄さん…」

有澄の姿が浮かんで、雨楽から離れなかった。

「メールをして外にいると教えてしまったら、きっと心配するし…後で知ったら、それはそれで心配されるよな。有澄さんのシフトの終わり時間、聞いておけばよかった」

目的も決められずに駅へ向かう道を歩きながら、雨楽は半分無意識に有澄の着歴を画面に出してしまう。このまま発信ボタンを押したら、有澄に繋《つな》がる。

勤務中はスマホの使用は禁じられているらしいので今かけても出ないと判っていても、雨楽は有澄の声が聞きたくてたまらなかった。

「あなたの声を聞いたら、きっと安心するのに」

そんな雨楽の願いが聞こえたかのように、手の中のスマホが着信を告げる。

発信者は有澄だった。

『雨楽さん？　今、お話しして大丈夫ですか？』

「有澄さん、どうして⁉　今勤務中では…」

『休憩時間です。すみません、夜まで連絡を待とうと思ったんですが、どうしても気になってしまって。…また殴られたり、していませんか？　お義兄さん、近くにいますか？　俺が電話していても大丈夫ですか？』

いつもよりやや早口な有澄からは、雨楽を心配する声しか聞こえてこない。

「大丈夫です、俺は今…外にいるので。義兄を置いて、部屋を飛び出してきたんです」

有澄の声を聞いて安心して、子供のように泣き出しそうになって雨楽は自分の声が震えていないかそればかりが気になる。

『まだ近くにいるんですか？　それなら店に来てください』

「でも…」

『俺に迷惑とかかかるんじゃないかって、心配や遠慮なら不要です』

行くあても思いつかなくて正直途方に暮れていた雨楽は、結局有澄の誘いに甘えさせてもらうことにした。


「空いている席へご案内致します」

雨楽を出入り口で出迎えた有澄は上品な仕種で腰を折ってから、今度は店内のテーブル席へと案内する。オープンテラスの席も空いていたが、晴彦に用心したのだろう。

席についてすぐに、有澄がコーヒーを届けてくれる。

有澄が淹れてくれるコーヒーは、いつも優しい香りがした。

届けられてすぐ、雨楽は待ちかねたように立ち上がる。

「すみません…化粧室はどこですか？」

「ご案内致します」

化粧室の場所は、雨楽も知っていた。有澄と話をするために、席を立ったのだ。

有澄も承知していて、化粧室に近いスタッフルームの扉を開けて中に招き入れる。

「休憩時間だなんて、嘘だったんですね」

「本当ですよ。雨楽さんに電話したあと、他のスタッフが急ぎの用が出来て、外に出てしまっているので俺がフロアに戻ったんです。義兄さんとは、どうなりました？」

「部屋へ置き去りにして、俺だけ飛び出して来ました。…話は、互いに一方通行でしたし。家に迎えを呼んだので、明日までいることはないと思いますが」

「もしかして雨楽さんの部屋って…この近く？」

「…です。言わずにいて、すみません」

「いえ、それは気にしないでください。帰りは部屋まで送りますから…雨楽さん？」

雨楽は優しい有澄の申し出を最後まで聞かずに、彼が制服として締めているカフェエプロンの端を摑んだ。その指先が緊張で、白くなっている。

「すみません、有澄さん。ご迷惑ばかりおかけしています」

「迷惑とは思ってませんから大丈夫です。どうぞ俺を、頼ってください」

「ありがとうございます。正直…本当に有澄さんがいてくれて俺、心強いです」

「そう言って貰えると。頼られて嬉しいのは俺のほうです」

一緒にいられるのが嬉しいと笑い、笑う雨楽が好きだと笑い、こうして不慣れな行為に気付いて、ちゃんと受け止めてくれるのは有澄だった。

「俺の前では、雨楽さんらしくいてください…あ」

何かを有澄は何かを見つけ、壁を指差した。

「え？　…‼」

ドアに寄りかかるようにして立っていた雨楽はそれにつられ、顔を上げる。

途端、唇に不意打ちのキスをされ、雨楽はびっくりしたまなざしを有澄に向けた。

悪戯を成功させた子供のように笑う有澄に、自分の頬が熱くなる。

「不意打ち、禁止です」

「じゃあ不意打ちじゃなくて。…こういう場所で内緒でキスするの、わくわくしません？」

「したことないので、判りません。俺、有澄さんみたいに経験値高くないので」

「ある意味信頼されている誤解だなあ。誰かとこんなこと、したことないですよ？」

「嘘」

「ホントホント」

言いながら有澄の指先が、成人男性にしては滑らかな頤《おとがい》に触れる。雨楽は誘うように目を閉じると、今度はしっとりと唇が塞《ふさ》がれた。

「んぅ…」

掬《すく》うように舌を絡め、互いに甘く吸う。こんな優しいキスも、教えてくれたのは有澄だ。

すぐに唇が離れ、互いの唾液で濡れた唇を雨楽は乱暴に拭《ぬぐ》った。

「俺は、誰も見ていないところのほうが…好きです。そうして貰っても、いいですか」

「…喜んで」

頷いた有澄は、姫に忠誠を誓う騎士のように雨楽の手の甲へと約束の口づけをした。


「心配かも知れませんが、夕飯は食べましょう。帰宅時間が遅いほうが、きっと帰ってる確率も高いですよ。俺は明日の日曜日は休みなので、時間の心配もないし」

そう言った有澄の提案で、近くのフレンチレストランで夕食を一緒にとってから二人は雨楽のマンションへ向かった。警備員のいるエントランスを抜け、部屋のある階へ上る。

玄関のドアを開けると中は真っ暗で、誰もいないようだ。

玄関に晴彦の靴もなく、どうやら素直に帰ってくれたらしい。

念のためバスルーム、それからリビングと寝室、他の部屋にも晴彦の姿は見えなかった。

晴彦がいなかったことに安心した雨楽の背中を、有澄は慰めるように軽く叩《たた》く。

「本当にほっとしたんです。…実家に鍵《かぎ》を預けているので、俺がいない間に部屋に来られてしまうのは仕方ないとは思ってますが…さすがに」

「この部屋は借上社宅《かりあげしゃたく》ですか？」

「いいえ、干渉されたくないので入社前から個人で借りている部屋です。…家を出る時に、鍵をおいていけといわれてスペアキーを」

「あぁなるほど。それなら大家さんか契約している不動産業者に連絡して、鍵を換えて貰ってもいいと思いますよ。鍵をなくしたとか、それっぽい適当な理由をつけて。多少出費はあると思いますが、誰かいるかも知れないってストレスよりはましですよ」

「そうか、鍵の交換…思いつきませんでした。もとより義兄がこの部屋に来たこと自体、つい最近のことだったので。すみません、わざわざ一緒に来てくださって。その…」

「？」

「…とても、心強かったので。だけどもし義兄がまだいたら、ご迷惑をかけてしまうことになっていたかと思うと申し訳なさで死にたくなります」

「こんなことで死んでは駄目です。雨楽さんのお役に立てて俺は嬉しいで…雨楽さん？」

有澄の話を聞きながら、雨楽は二人のいるリビングの真ん中でへなへなと力が抜けたようにしゃがみ込んでしまう。

どれだけ緊張していたのか、有澄が咄嗟《とっさ》に掴んだ雨楽の手は驚くほど冷たかった。

「すみません…なんか安心したら、膝《ひざ》の力が抜けて。有澄さんの手、あったかいですね…」

無理に笑おうとする雨楽の手を、有澄は更に力を入れて握る。

「しんどい時に無理に笑う必要はありません。教えて下さい、雨楽さん。この部屋を飛び出す前、義兄さんに何か言われたんですね？」

有澄の問いは、ほぼ断定だ。だが、言えるわけがない。

「…」

座り込んでしまった雨楽の前へと、有澄も膝をついた。

「雨楽さん。教えてくれなければ俺、直接お義兄さんに訊きますよ」

顔を上げると、有澄が真剣なまなざしで覗き込んでいる。

「有澄さんが言うと、本当に実行してしまいそうですね。…俺が、有澄さんを誘惑したのかと言われました。異性ではなく、同性のほうが好きだったのかと」

雨楽はそのままの姿勢で、部屋を飛び出す前のことを有澄に淡々と説明する。

その間もずっと、有澄は励《はげ》ますように雨楽の手を握り締めていた。

「それで…勢いで、押し倒されたりとかしました?」

「…っ！」

雨楽の肩が敏感に跳ね、有澄の問いを簡単に肯定してしまう。

「どうして…有澄さん？　俺、そんな物欲しそうな感じなんでしょうか」

雨楽の話から、義弟に対する晴彦の欲望が有澄には見えた。同性愛を否定したのは、雨楽へ抱いている自分の感情を認めたくないからだ。

だが雨楽に恋人が出来たのなら、また話は変わる。異性ならともかく、自分が否定し続けていた同性だ。性行為や向けてはいけない感情が、その男と…この場合有澄だが、雨楽がしているのかも知れないと勘繰《かんぐ》れば、本音が露呈《ろてい》する。

同性であるが故に拒絶されるかもしれないという思いが理性を支えていたのに、もしかしたら自分も成就する可能性があった、なのに抜け駆けされたという気持ちも強いだろう。

そこまで晴彦の考えが想像出来た有澄は、穏やかに首を振った。

「いいえ、もし俺がその義兄さんなら、多分そうしただろうなと思ったからです。それに最初に雨楽さんを誘惑したのは、俺ですよ？　雨楽さんはそれを受け止めてくれただけです」

「…」

「なるほどそれなら一人で部屋に戻るのは怖かったと思います。…仮にも、兄弟ですし」

以前のように理不尽な理由で殴られる以上に、精神的ダメージは大きい。

「俺が、あなたを…有澄さんを好きにならなければ、こんなことには」

「…ならなかっただろうから、好きになるのは止《や》めます、なんて言ったら本気で殴る代わりにチューしますよ。巻き込んでしまったのは俺です。雨楽さんが俺を選んでくれたんです」

「有澄さん…でも、俺」

有澄は、泣きそうな雨楽の言葉を最後まで聞かなかった。

強く抱き締め、そのまま強引に唇を奪う。

「有…、ん…ぅ」

そして雨楽の両頬を包むように両手で支え、鼻がつきそうな至近距離で有澄は囁く。

「教えて、雨楽さん。…俺とこうしてキスすること、後悔しますか？」

「…っ」

そんなことはけしてないと、雨楽は必死で首を振った。

「後悔なんか、するわけがない。だって俺とこうしているのは有澄さん、あなただ」

「それならどうして、そんな泣きそうな表情してるんですか?」

覗き込んでくる有澄の瞳に、自分の顔が映り込んでいる。なんて情けない、顔。

「俺は何も持っていなくて、この好きな気持ち以外、何一つあげられない。だけどこの気持ちは有澄さんに見せて、証明することも出来ない」

「雨楽さん」

有澄のシャツを、雨楽は子供のように握り締める。そして、ずっとずっと自分の奥底に縛りつけていた気持ちを、ゆっくりと浮上させていく。…有澄に伝えるために。

「…辛《つら》い、有澄さん。経済的にも恵まれた高野の家に養子として引き取られ、何不自由なく育てられた。だけどそこの俺は、目的のある『役立つ従順な人形』として以外、存在理由は認められなかった。あの家は俺の家族では、なかったんです」

「…うん」

「それでも育てて貰った恩もあります。役割を与えられたのなら、それに準じることで自分の存在価値を認めて貰えるのなら…それでもいいと思って務めてきました。そうする以外俺が生きている価値はないと思っていたので」

「…っ」

本当にそう思っていたであろう雨楽の言葉に、有澄の指先に力が一瞬こもる。

「それでも、自分が孤独であることを時々見せつけられることがあって。孤独であることにどうしようもなく悲しくて、泣いて訴える親しい相手も自分にはいないことに絶望して。一人でいる気持ちが支えきれなくて、『キャロル珈琲店』へ行って、窓に映る店の中を眺めていたんです。…そうすることで少しだけ、孤独な気持ちが和《やわ》らいだので」

「雨楽さんが全てを捧げている家が…少しでも、あなたのそんな気持ちを受け止めてくれる場所であればよかったのに」

でも、高野の家は雨楽を道具としてしか見ていない。なまじ聡《さと》い子供であったために、雨楽自身も最初から望むことを諦《あきら》めて来ていたのだ。

ほんの少しだけでもいい、雨楽の存在を認め、大切にしていたら。

彼は喜んで『TAKANO』に尽くしたはずだ。…有澄にすら、目もくれずに。

人間は外部から存在を認められることで自分の存在意義を見出《みいだ》す、社会性の動物だ。

認められなければ、死んでいるに等しい。

「そんな時に有澄さん、あなたが俺を見つけてくれたんです。お前はこの世界にいるよって、有澄さんに指摘されて俺…嬉しかったあ」

「…っ！」

儚《はかな》く笑う雨楽の言葉は、本当の言葉だから有澄の心に痛みとなって刺さる。

「有澄さんは、俺が心を持ってる人間だと教えてくれた。…だから本当は今のこの自分の状況が苦しくて、辛いことを…辛くて息さえ出来なくなっていたことに気付いたんです」

「たとえ虚構《きょこう》でも、俺があなたの世界を壊してしまいましたね」

「いいえ、虚構から救い出してくれたんです。息さえ出来なくなっていたら、いつか俺は生きたまま死んでいた。文字通り、死んでいました」

「雨楽さん」

雨楽の頬に、涙が伝う。辛さに耐えかねての涙なのか、本当の自分を見つけ出してくれた有澄への歓《よろこ》びの涙なのか、雨楽自身もう判らない。

心のまま、雨楽は繰り返す。

「月曜日から…また普段の俺に戻ります。だから今だけ、弱音を言わせてください。…辛い、有澄さん。俺は今の自分が、辛くて堪《たま》らない。義兄の、家に役に立つ人間として務めようと頑張って来ました。でも…どこまで尽くしたら恩返しになるのでしょう？　必死で働いても、この人生だけでは返済しきれない莫大な負債を、いつの間にか負わされているようです。あなたを好きでいるだけで、俺は恩知らずの裏切り者になるのですか？」

「そんなわけ、ないでしょう…！」

有澄は堪らず、強く雨楽を抱き締める。

「どんな恩があろうと、どれだけ借金があろうと人は、自由に生きていいんだ。何にも縛られる必要も義務もない。雨楽さんが望むなら、その家の呪縛《じゅばく》から飛び出すことが出来る。…雨楽さん、家を離れ、俺のところへ来ませんか？」

「有澄さん…？」

「なんかプロポーズみたいですけど、俺はそれでもいいですけど…じゃなくて！　俺なら、あなたを生かすことが出来る。我慢強い雨楽さんが辛いと口に出たのだったら、それはもう相当に辛いんだ」

「有澄さん…」

「このままいたら、あなたは本当に生きたまま死んでしまう。一人の人間の持つ尊厳《そんげん》を踏《ふ》み躙《にじ》られる場所に、長くいては駄目です。雨楽さん、家を出る覚悟はありませんか？」

考えたこともない提案に驚き、雨楽は目を見張《みは》った。

「…それは不可能だと、最初から諦めてたって表情ですね。家を出ることは、出来るんですよ。勿論難しい話だとは承知しています。きっかけはなんでもいいんです、とりあえず今、何か理由をつけて家を出ましょう。出てしまえば、あとはどうにでもなります」

「でも、そんなこと…会社の仕事もあります」

「雨楽さんなら今の会社を辞めても、仕事はいくらでもあります。自分が辞めることで同《どう》僚《りょう》に迷惑がかかるとしても、それはほんの一時《いっとき》です。会社に在籍する社員は歯車のひとつに過ぎず、概《おおむ》ね代替えは可能なんです。それが会社組織というものですから」

「…」

まるで有澄に答えがあるかのように見つめる雨楽へ、言葉を重ねる。

「自分の仕事や周囲の評価に、自分の存在価値や意義を見出しては絶対駄目です。肩書きのないあなたこそ、本当の雨楽さんの姿だ。自分を認めてくれない周囲の中に、いつまでも自分を置いておく必要はありません。あなたが必要だと求められている場所へ行きましょう。…俺にはあなたが必要です、雨楽さん。俺ならあなたを自由に生かすことが出来る」

穴の開くほど有澄を見つめていた雨楽は、やがて困ったように小さく笑った。

「有澄さん、あなたが言うと…本当に出来そうな気がします。俺がそれをしても、いいんでしょうか…本当に？」

「人は生まれた時から自由だ。自分を縛るのは自分しかない。里親への恩義があるのなら、いつか別の形で返すことも出来ます。俺を信じてください、雨楽さん」

「家を出ること…俺に、許されるでしょうか」

家を出て、有澄の元へ行くこと。この瞬間まで絶望に押し潰《つぶ》されそうになっていたのに、一筋の光が差したように、心が軽くなる。

「雨楽さんなら、出来ます。誰かに許されたいなら、俺が許します。だから俺の所へ来てください…雨楽さん？」

有澄の言葉を聞きながら、何故か雨楽が肩を震わせていた。

どうしたのだろうと有澄が覗き込むと、雨楽がすみませんと小さく呟いた。

「…ウチの会社は有望な人材を他社から引き抜くことがあって。以前業務の都合で勧誘《かんゆう》に同席したことがあるんです。その時に…今、有澄さんと同じことを言っていたと思って」

「『必要とされている場所』へ？　ですか？」

「そうです。…一番最近声を掛けた人は、会社都合で受け入れずに拒んでしまった。その連絡を、俺がしました。だからもし…有澄さんが俺に思うことがあっても、それは因果応報《いんがおうほう》だなって思ったんです」

「しませんよ。人を騙《だま》せば、騙されます。誰かを蔑《ないがし》ろにすれば、自分がされる」

雨楽は顔を上げた。よかったもう、泣いていない。

「騙されるかも、なんて思いません。それに有澄さんにならば俺、騙されても後悔しない。…だからお願いです有澄さん…俺にあともう少しだけ、家を出る覚悟を分けてください」

真っ直ぐ有澄を見つめる雨楽の顔には、すでに覚悟が出来ていた。

そんな雨楽が愛おしくて堪らなくて、有澄は目を細める。

有澄が好きになったのは、このしなやかな強さだ。

「俺で出来ることなら…と言っても、そう多くはありませんが…いくらでも」

「嘘です有澄さん、俺が出来ることであなたが出来ないことはないです」

「もしかして自覚してないかも知れませんが。本当の雨楽さんは、とても強い人です。だから俺が手を貸す必要がないことも、知ってます。だけど俺が必要なら、いくらでも。俺に出来ることを教えてください…そうだ」

「？」

何を思いついたのか、有澄にしては珍しく人の悪い笑みを浮かべた。

そして自分の考えを伝えるかのように、形のよい額を雨楽の額へとくっつける。

「どうせ俺達がまだ清らかだといくら言っても信じて貰えなさそうだし、証明しようがないのなら…本当にしちゃいませんか？」

「しちゃう…？」

「俺と既成事実《きせいじじつ》、作りませんか？　俺はあなたが欲しい」

「…！」

驚きに体を弾ませる雨楽の手を、有澄は逃がさないようにしっかり握り締めた。

「同情や憐れみではありません、敢《あ》えて言うなら俺はあなたに欲情する。あなたを抱いて、愛したい。愛して慰めたい。…だからお願いです、雨楽さん」

「有澄…さん」

有澄は一度言葉を切り、ただ見つめているしかない雨楽の耳元へと唇を寄せて囁く。

「今夜、俺のものになってください」

「でも…！　本当に俺といい、んですか？」

慌てた雨楽の言葉に、有澄もまた生真面目な表情で頷く。

「はい。雨楽さん、あなただから惹かれたんです」

有澄が初めて見せたほんの少しだけ困った表情に、今度は雨楽が有澄を抱き締める。

「俺…！　これ言うの、今日二度目ですけど…！　俺、自分が男でよかった」

二度目の同じ言葉は、晴彦へ告げたのとほぼ真逆の意味だ。

「二度目？」

雨楽は頷きながら、ゆっくりと腕を解く。離れていくのが残念でたまらないというように、有澄の手が雨楽の腕をなぞるように伝い、先端の指先を優しく握る。

「男でいることでこれまで知らずに自分の貞操《ていそう》が守られていて、そして男だったことで…こうして有澄さんに触れて貰える。俺でよければ有澄さん…俺も、あなたを抱き締めたい。俺の中にこんなに誰かを求めたい欲望があるなんて、知らなかった」

「俺もです。自分から誰かを求めたのは…雨楽さん、あなたが初めてです」

「でもその前に。…ベッドのシーツ、替えてきてもいいですか？」

雨楽の問いに有澄は笑いながら頷き、そして惚けて首を傾げた。

「…どうせ汚れますよ？」

「慎みです…！」

「じゃあシーツを替えている間、シャワーを借りてもいいですか？　それとも一緒に入ります？　髪、洗ってあげますよ」

「そんな上級コース、すぐには無理です…！　一人で入ってきてください」

耳まで真っ赤にしながら腕をのばす雨楽の頬へ、有澄が唇を寄せる。

「雨楽さん、本当に俺としてもいいんですか？　勢いに流されて後で嫌われたら、俺はへこみますよ」

「そのまま同じ言葉を有澄さんに返します。あなたに抱かれて俺、後悔なんかしません」

泣きそうなくらいに瞳《ひとみ》を潤《うる》ませながら、それでもはっきりそう言ってくれる雨楽が愛おしくて堪らなくて、有澄は嬉しさに泣きそうになりながら俯《うつむ》く。

俯いた有澄を見て雨楽は、初めて気付く。

思いがけず長い有澄の睫毛《まつげ》が、伏せた目元を縁取っている。

「潔《いさぎよ》い人だなあ。…ありがとう、雨楽さん」

「お礼を言うのは、俺です」

祈るような小さな呟きに、雨楽もまたそっと有澄の手を優しく握り返した。

「シャワーを浴びる前に、買い物に行ってきてもいい？」

そう言って有澄は一度雨楽の部屋を後にし、しばらくしてからコンビニでおみやげのアイスも買って帰って来た。

「風呂上がりに一緒に食べようと思って」

有澄はそう言って笑ったが、なんとなくそうならないだろうなと、互いに察している。

先に有澄がシャワーを使い、入れ替わりに雨楽も浴びてから彼の待つ寝室へ向かった。

「…なんだか不思議です」

「何がですか？」

腰にバスタオルを巻いた姿のままベッドに腰かけていた有澄は、寝室のドアを開けながらの雨楽の呟きに首を傾げた。

「あなたがいるだけで、この寝室が別の人の部屋のようだから」

のばした腕に誘われて雨楽は有澄の前に立ち、跨ぐように右膝だけベッドに乗せる。

有澄はそんな雨楽の腰を抱き寄せ、もっと自分へと密着させた。

「じゃあここではなく…ホテルに行きますか？」

問われ、雨楽は首を振る。

濡れた髪から、鎖骨《さこつ》へ水滴が伝う。その姿が妙に艶《つや》っぽく見えて、有澄は自分の体が熱くなっていくのを感じていた。

「…もう、いいです。移動する時間が、惜《お》しいので」

腰へまわした手から雨楽が緊張しているのが伝わって、有澄は愛おしさが募る。

「でも…」

「?」

「もし今夜、また義兄が来たらと思うと」

そんな心配は無用だと、有澄は唇を寄せながら不安でいる雨楽の手をそっと握った。

「大丈夫です、さっき帰って来た時ドアバーもかけておきましたから外からは入れません。…もし、部屋まで上がり込んでも俺達が愛しあっているところを見られるだけですし」

愛しあう、という有澄のストレートな言葉に雨楽は恥ずかしさに一瞬言葉に詰まる。

「あ…。いや、それが一番問題だと…」

「キスしか見られていないのにそれ以上を疑われたのなら、いっそ全見せで、羨《うらや》ましいでしょ? と、開き直れますよ」

「露出の趣味は…」

「家主の許可なく入って来られて見られたのなら、それは露出ではなく覗きです。むしろ不法侵入です」

「…ですね。そう思うことにします」

やっと笑った雨楽へ、有澄が優しいまなざしを向ける。

「大丈夫、心配しなくてもきっと義兄さんは今夜はもうこの部屋へは来ませんから」

「はい」

「それから…そんなに緊張しなくても、大丈夫ですよ」

「本当に俺、経験ないんですよ…」

「あっ、それはご馳走様《ちそうさま》です」

有澄は惚けた口調でそう言い、雨楽を励ますように彼の顎《あご》から首筋へとご機嫌取りの軽いキスを繰り返す。

「大丈夫…雨楽さんが怖がることなんて、ちょっとしかしません」

「ちょっとはあるんですね…?」

「まあ、多少は。男同士なので。女性でも初めては痛いらしいですし」

雨楽は頷きながら、きゅ、と有澄が巻いていた腰のタオルを握り締めた。

おそらくは無意識で、彼が甘えてする行為だと有澄は以前から気付いている。

こんな形でしか、彼は自分の気持ちを示すことが出来ない。

「俺、有澄さんなら…どんなに痛くても大丈夫、です」

「そんな、そそられることを。痛くて泣かせてしまうより、悦《よ》過ぎて喘《あえ》がせたい…むしろ甘く啼《な》かせたい?」

裸で抱きあうのはこれが初めてだ。だが、以前からの恋人のように触れあう肌が心地好く馴染《なじ》んでいるのが互いに判る。

「気のせいか…これまでの有澄さんの中で、今の表情が一番真剣に見えました」

「酷《ひど》いな、本当に一番真剣なんですよ。あなたに負担かけたくなくて。…ゆっくり、広げていきましょう」

有澄の囁き声は熱っぽく掠れ、雨楽の鼓膜を甘く震わせる。

「俺が言うのも変ですけど、頑張って…ください」

「…ですね。頑張りまぁす」

有澄は頷き、励ましてくれる雨楽の内腿《うちもも》へと手を伝わせた。

その手がゆっくりと、中心へと向かう。

「…っ」

敏感に反応した雨楽を、有澄は顔が見えないように片腕で強く抱き寄せる。

「もしかして雨楽さん、本当に緊張してるんですか？」

「していないほうが…あっ⁉」

軽い仕種でベッドの上に仰向《あおむ》けに押し倒された雨楽は、そのまま膝を割られた。

自分の上へと体重を預けてくる有澄に応じ、雨楽も両腕を広げて彼を抱き留める。

「んんっ、んぅ…」

指を絡めるように繋いだ手を雨楽の頭上へと釘付けた有澄は、溺れるような口づけを繰り返しては互いの肌を擦り、熱を上げていく。

こんなふうに誰かと肌を重ねたのは、初めてだ。

「有澄さ…」

だけどずっと以前から知っていたような有澄の体温に、雨楽は心地好さで全身が震える。

「…不思議です、初めてこうするのに、俺は以前から雨楽さんの肌の…正確にはあなたの体を知っているような気がしてたまらない」

まるで自分の心を読んだような有澄の言葉に、雨楽も驚いたまなざしを返しながら頷く。

「！　俺もです」

「雨楽さんにそう言って貰えると、なんだか嬉しいです。恥ずかしかったら目を閉じててもいいですよ」

有澄は言い置き、滑らかな雨楽の脇腹《わきばら》あたりを触れていた利き手を彼自身へと絡める。

「えっ？　あ…！」

自分以外からもたらされる初めての刺激に、思わず退《ど》けようとのばした雨楽の手は有澄に難なく捉えられて自分の背中へと導かれた。

膝を閉じようにも、有澄の体が間にあるため閉じることが出来ない。

「もっと気持ちよくなるように…そう、合わせて腰を揺らせますか？」

「ん…ぅ…」

耳元で有澄に熱っぽく囁かれ、恥ずかしさに目を閉じている雨楽は扱《しご》かれる心地好さに体を預けてゆるやかに腰が揺れてしまう。

「そうです、ちょっとだけ我慢しててくださいね…」

「え？　ぁんんっ…」

そのタイミングに合わせ、潤滑剤《じゅんかつざい》で充分に濡《ぬ》れた有澄の指が雨楽の秘所へと沈んでいく。

「気持ち悪くないですか？」

「少し…でも…大、丈夫…」

「うん…すみません、その辛そうな表情、ちょっとそそられます」

有澄は申し訳なさそうに呟き、僅《わず》かに寄せる雨楽の眉に唇で触れた。

「俺の顔、あんまり見ないで…下さい」

「え？　これから先一人で慰める用に、当分忘れられないくらい、がっつり覚えて帰るつもりですよ？」

「いや、それは…！　俺の顔なんか…んぅ…」

重ねられるキスに溺れ、雨楽は最後まで言わせて貰えない。

「ホントは一晩では駄目かもしれないんですが」

有澄は初めての雨楽に出来る限り負担がないように、ゆっくりと時間をかけて丁寧《ていねい》な愛撫《あいぶ》を繰り返す。雨楽もまた経験はないものの、同性とのセックスは容易ではないことは理解しているので、有澄に全てを任せて自ら体を開いていく。

…だけど、すぐには達《イ》かせて貰えない。

「…まるで朝摘みの花が開くようですね、可憐《かれん》でたまらない」

「それ、褒め言葉ではないですよね…？　ぁ、んぅ…っ」

念入りに施された秘所が濡れて喘ぐようにひくつき、雨楽はねだるように何度も有澄の腰へと内腿を擦りつけた。仰向けだが膝が震えて、爪先《つまさき》まで力が入らない。

「も、駄目…有澄さ…」

「もう、大丈夫ですか？」

濡れて充分に慣らされた秘所は、既に指だけでは足りないと言うようにひくついている。

「はい…有澄さんの指、ではなくて…来てください」

頷いた雨楽は欲しがるように下肢《かし》へと手をのばし、触れさせて貰っていない屹立《きつりつ》する有澄自身を指先で触れた。

堅く熱を持ち、もっと深く愛する為の準備は整っている。

「じゃあ…力を抜いていてください」

「はい…あっ…！」

励ますようにキスをしてから、有澄は預けていた自分の体を僅かに浮かせて雨楽の腰を抱き上げる。

今まで有澄の指が沈んでいた敏感な部分に、熱い先端が押し当てられた。

これからくる衝撃を支えるため有澄は雨楽を抱き締めると、慎重に侵入していく。滴《したた》るほど充分に潤滑剤が塗られているのに、メリメリと耳元で肉が引き裂かれるような結合の衝撃が雨楽の全身を貫いた。

「あ、ぁあっ…！　んぅううっ…！」

「雨楽、さん」

「ぁあっ…あ！」

有澄が濡れて熱い雨楽の中を味わうようにゆっくりと挿入してくるのを、感じる。

「うん、やっぱり…しんどいですね、すみません」

狭い肉襞《にくひだ》は突然の異物に戦《おのの》き、押し出そうと蠢《うごめ》く。だがそれがかえって滾《たぎ》る有澄自身に吸いつくように絡んで、雨楽を支配する有澄にたまらない刺激をもたらした。

「ふぁあ、あ…！」

受け入れる痛みに耐え、雨楽の目に涙が浮かぶ。僅かな動きでさえ今は雨楽にとって強い衝撃になるのを承知で、覆い被さる有澄は彼の涙を舌で舐めとり、縋《すが》るものを求めて宙を掻く手を捉えると、繋がっている部分へと導いた。

「あっ…？」

「…もう、全て入ってる。触って、雨楽さん…俺達、一つになってる」

雨楽の秘所がひくつき、もっと奥へと有澄自身を引き込もうと喘いでいるのが判る。

「好きです…有澄、さん…好き」

自分の中に熱く滾る有澄を受け入れていると思うだけで、雨楽は達してしまいそうだ。

「俺のほうが、もっと好きです。…雨楽さん、俺を受け入れてくれてありがとう」

礼を言いたいのは自分のほうだから、雨楽はしどけなく首を振る。汗で額に張りついた前髪を優しく掻き上げ、有澄は唇を寄せた。

「ふぁ、あ…っ」

受け入れる衝撃は一瞬で、あとは疼《うず》くような痺《しび》れるような快感が結合部分から這い上がってくるのが判る。

初めて有澄に抱かれているのに、その肌が懐かしんでいるように悦《よろこ》んでいた。

「…泣かないで、雨楽さん」

「しあわせで、涙が…止まらない…」

有澄と一つになっている、ただそれだけで雨楽はしあわせでたまらない。

「もう、動いても大丈夫…?」

「…っ」

雨楽は頷きながら、有澄の背へと縋りつく。しあわせで死ねるのなら、今のはずだ。

「好きです、有澄さん…だからもっと深く…俺を愛してください。俺はあなたの、ものだと…俺に教えてください」

そう言って雨楽は、ねだるように自ら一つになっている下半身を揺らめかせた。

「喜んで、雨楽さん。俺の全てで、あなたを愛すから…どうか俺に溺れてください」

「はい、ふぁ、あぁ…！」

有澄は何度も雨楽へとキスをしてやりながら、ゆっくりと律動を刻んでいく。

「雨楽さん、雨楽…！」

「あ、あぁあっ…」

次第にその律動が激しくなり、雨楽は全身に広がる深く愛される歓びに満たされる。

「有澄さん、あ…っ！」

穿《うが》たれる抽挿に溺れながら、雨楽は無我夢中で有澄がくれる快楽だけを追った。


「…大丈夫ですか？」

心配そうに覗き込んでくる有澄に、雨楽は鞴《ふいご》のように荒い呼吸を繰り返しながら頷く。

「…すみません、大丈夫です。俺、気を失ってました？」

「一瞬だけ。…すみません、勝手にキッチンで水を貰ってきました。飲んでください」

有澄に肩を支えて貰い、体を起こした雨楽は渡されたグラスの水を飲み干す。

「凄かった…」

「え！」

思わず唇から零《こぼ》れ出た雨楽の呟きに、有澄は驚いたように瞬《まばた》きを繰り返した。

「いや…凄かったですよ…？　本気で悦過ぎて…意識飛びました。すみません、まだ…」

言いかけ、頬を赤らめた雨楽が何を言おうとしたのかと、隣に腰かけた有澄が不思議そうに下から覗き込んでくる。

そんな有澄を、雨楽は瞳を潤ませたまま見つめて続ける。

「まだ自分の中に有澄さんが…いるみたいです。下半身自体は痺れて感覚がよく判らないのに、そこだけ残っていて。初めてで比べるものがないですけど、こんなに我を失うなんて」

一度絶頂を迎えた後、それでも溢《あふ》れる気持ちに足りなくて二人は何度も結ばれ、互いを貪るように求めあった。

「ごめん！　俺、夢中で…！」

今度は有澄のほうが照れてしまい、狼狽《うろた》えたように手をバタバタさせる。

その姿が子供のようで、雨楽は思わず笑みで顔を綻《ほころ》ばせた。

「初めて、有澄さんから丁寧ではないフレンドリーな言葉を聞きました」

「そうですか？」

「ええ。なんだか、距離が近付いたみたいで嬉しいです」

そう言って本当に嬉しいから、今度は自分から有澄へと口づけする。

「近付いたも何も、少し前まで一つになってましたけどね」

「う…！　それは、言わなかったのに」

「わざと言いました。俺も、雨楽さんに名前を呼び捨てにされると、ときめきます。…本当に、あなたに溺れて無我夢中でいました。初めてだったのに、負担かけさせてしまって」

愛しあった後の名残《なごり》にまだ瞳を潤わせたまま、雨楽はゆっくりと首を振る。

「有澄さんを欲しがったのは、俺です。辛かったら、あんな声で有澄さんにねだったり、してないです」

「雨楽さんに望まれて、俺は泣きそうなくらい嬉しかったんですよ」

有澄は雨楽が欲しがる分だけ与えてくれて…そして、激しく求めてくれた。

「うぅ…」

彼の腕の中で自分がどれだけ痴態《ちたい》を晒《さら》したのか、雨楽は思い出しただけでこのまま自分の耳を押さえて絶叫したい衝動に駆られる。

「…初めてだったんですよ。なのに」

まるでこうする前から有澄のことを知っていたように、自分の体が彼に馴染んで溺れた。

痛みがなかったわけではないが、それすら有澄と一つになっていると思うと愛おしくてたまらなくて声が嗄《か》れるまで啼いた。

今も、軽く咳《せき》をするだけで喉が痛い。今日は一日声が潰れているだろう。

「知ってます。…なのに、まだあなたが欲しい。俺を受け入れて、辛いのを我慢してくれている雨楽さんの表情に、凄《すげ》ぇゾクゾクしました。今の掠れた声もたまんない、です」

その言葉通り雨楽の声は掠れ、水を飲んでも殆ど戻っていなかった。

有澄はその声に興奮し、文字通り溺れた。初めての彼のためにリードするつもりでいたはずがいつの間にか忘れ、雨楽を深く悦ばせてやりたい気持ちだけでしか考えられなかった。

雨楽は甘え、広げた有澄の腕の中で頬を擦り寄せる。

「その…また俺を、愛してくれますか」

「勿論、喜んで…！　というか、雨楽さんが許してくれるなら毎晩でも」

「それはさすがに無理。…でも、俺も同じ気持ちです。本当に、同じ気持ちなんです」

途端、二人で声を上げて笑い出す。

ひとしきり笑った後、笑ってくれる雨楽に安心して有澄は愛おしい彼を抱き締めた。

「好きです、雨楽さん。俺はあなたを護《まも》りたい。護って貰わなくてはならないような弱い人ではないのは判っています。だからあなたが自由になれる手伝いを、俺にさせてください」

「有澄さん…？」

優しいまなざしと口調でそう告げた有澄が、雨楽が思っていた以上に行動力があったことは月曜日に出社して知ることになった。

結局有澄とは翌日もずっと一度も外へ出ることなく、雨楽の部屋で日曜日を過ごした。

…正確にはベッドの上で、である。

食事はデリバリーと有澄が残り食材で作ってくれたもので済ませ、食事以外はずっとベッドの中で過ごし、触れあう肌が痺れて感覚を失うくらい愛しあった。

そして疲れては互いを抱き締めて休み、目が覚めると欲しくなって求めてしまう。

『…もっと俺を欲しがって、雨楽』

自分を支配する時だけ、有澄は雨楽を呼び捨てにしてくれた。

だから雨楽もねだられるままとても普段なら言えないような卑猥《ひわい》な言葉も口にして、声が掠れても甘く啼いた。

己の痴態と耳に残る自分の喘ぎ声、そして有澄の気持ちよさそうな息継ぎと耳元で繰り返し囁かれる名前、絶頂を迎えた時に一瞬詰まる喉の動き…結ばれる時に深く穿たれた滾る有澄自身の熱さ。まさにめくるめくような、濡れ乱れた休日だった。

「…っ」

雨楽は就業中でありながら、昨日のことを思い出すだけで羞恥《しゅうち》で死にそうになる。

次に愛しあうまでの微睡《まどろ》みの時間、他愛のないことも二人で話した。

ただただ愛おしい想いばかりが募る、雨楽にとって宝物のような時間。

…翌日の今朝出社した雨楽の、快楽の涙で潤んだままの目元と啼き過ぎて潰れてしまった声を同僚に心配され、風邪《かぜ》気味なのだと苦しい言い訳をしている。

正直下半身の感覚はまだ半分は戻っておらず、残りの半分は彼を受け入れた名残の疼痛《とうつう》だ。だがその痛みは他の誰でもない有澄に愛されたことが雨楽の夢ではない、体に刻まれた唯一の証拠でもあった。

「…遅いな」

晴彦の出社は、まだだった。有澄と結ばれた雨楽にとっては幸いと言うべきか、以前から予定のあったスケジュール上の遅れだが、連絡がないまま出社予定を一時間以上過ぎている。

「室井《むろい》さん、社長に連絡を…」

こちらから連絡を入れて確認しようと思ったその時、秘書室の扉がやや乱暴に開いた。

「社長、おはようございます」

珍しく秘書室側から入ってきた晴彦の姿に、部屋にいた社員は一斉に席を立つ。

晴彦はそれに頷いて挨拶を返してから、雨楽へと視線を止めた。

「おはよう。…雨楽、ちょっと来てくれ。確認したいことがある」

そして顎をしゃくって、一緒に来いと雨楽を社長室へ促す。

「…。判りました」

明らかに不機嫌そうな、というわけではないが、何か強い感情を抑えているのが判る。

晴彦が感情的な部分を露わにするのは、雨楽の前でだけだった。

会社では己の立場をわきまえ、自分の感情をコントロールしている。雨楽もまたそれを承知しているからこそ、普段と変わりなく出社していた。

拒む理由もない雨楽は従い、晴彦と共に社長室へと入る。

「ドアを閉めろ。そしてこっちへ来い」

「…」

雨楽はドアを閉め、言われるまま社長室の執務机の前へと静かに進んだ。

その机の上へと、晴彦は反対側から手にしていた書類を放り出す。想像以上に響いた強い音に、雨楽は一瞬目を細めた。

「お前はあの男が誰なのか、知っているのか？」

「あの男？」

誰のことを言われたのか判らず、雨楽は訊き返した。

「その封筒の中味を見てみろ」

忌々《いまいま》しそうな晴彦の言葉に、雨楽は中に入っていた書類を封筒から取り出す。

「…！」

真っ先に見えたのは書類と一緒に挟まれていた見覚えのある、顔写真。

だが雨楽は、その顔写真を見ても眉一つ動かさなかった。

「…ふん、その表情だと正体は知っていた様子だな？　お前も見覚えがある男だ」

「…」

無反応な雨楽に焦れた晴彦は乱暴な足取りで近付くと、手にしていた書類をひったくるように奪い、書かれていたことを読み上げ始める。

「君和田《きみわだ》有澄。喫茶店フランチャイズ事業を展開する『キャロル珈琲店』の設立者・君和田蔵之介《くらのすけ》の孫であり、現在社長職を務める。喫茶店部門では、我が社とはライバルになる企業の社長だ。そんな男が何故自分の店舗で従業員の真似事《まねごと》をしていたのかは知らないが。答えろ雨楽、お前はあの男の正体を知っていたんだな⁉」

「知っていました」

晴彦が驚く程あっさりと、雨楽は有澄の正体を知っていたと認めてしまう。

無言でシラを切り通すと思っていた晴彦は、その一言だけで抑えていた怒りを露わにした。

「知っていただと…！　いつからだ⁉　知っていて、つきあっていたというのか！」

「そうです」

声を荒らげる晴彦とは対照的に、静かな雨楽の声は普段と変わらない。

防音が施されているとは言え、これほどの感情的な声は隣の秘書室に漏れているはずだ。

だが雨楽の声までは届かないので、晴彦が一方的に怒鳴っているとしか思えないだろう。

大体さっき秘書室で雨楽を見かけたときから、晴彦は気に入らなかった。

雨楽へ邪《よこしま》な想いを抱いている晴彦には、休日にどのように過ごしたのかあて擦《こす》っているかのように、情事の残り香が滲《にじ》み出た艶を彼から感じていた。

口が裂けても確認などしたくないが、休日を愛しあって過ごしたのだと一目瞭然《いちもくりょうぜん》である。

…何故雨楽は自分に逆らうのか。晴彦には理解出来なかった。

「お前は、俺に恥の上塗りをさせるつもりであいつとつきあっているのか？」

逆らうことで、晴彦《自分》の気を惹きたいのだろうか。だから、わざと相手を同じ男の…よりにもよってライバル会社の自分と同じ立場の男を選んだのだろうか。

「違います。私のプライベートなことであり、誰かに恥をかかせようと何か意図があっての行動ではありません。社長でも義兄さんとしても、関係ありません」

また雨楽の口から繰り返された、関係ないという言葉。

従順でおとなしいばかりの、人形のような雨楽。これまでと変わらずいれば弟として扱ってやってもいいものを、あの男《有澄》に要《い》らぬ知恵をつけられたか？

「では訊くが、お前が以前この男は我が社に相応しくないと、間際で採用を取りやめさせた坂下《さかした》という男がいただろう。あの男が今何処で働いているのか、お前は知っているな？」

「いいえ」

「嘘をつくな…！　慎重で用心深いお前が入社させなかった者がその後どのような行動を取っているのか、情報収集が得意なお前なら、確認していないわけがないだろう。坂下はな、あの後すぐに『キャロル珈琲店』の開発部門に再就職しているんだ」

「…そうでしたか」

こんな時ばかりは考えていることが見えない、本音を上手に隠してしまう雨楽のポーカーフェイスが晴彦には腹立たしい。

「最初からその目的でわざとこの会社に就職させず、キャロルのほうへ有望な人材を横流ししたんだろう…！　それとも君和田に言われ、そうしたのか⁉」

「採用の最終決定は、社長がされたはずです。私にその権限はありません」

「私が相談をした時、あの男の不採用を促したのはお前だろう」

「そんなまわりくどいことをせずとも、あの会社なら坂下さんに直接声をかけ、自社に転職を勧めるはずです」

「『TAKANO』へ不信を生じさせ、『キャロル』へ忠義を植えつけるにはいい通過儀礼じゃないか？　お前がこの会社の社員で社長秘書というポジションを、あの男にいいように利用されているのが判らないのか⁉」

「それはあり得ません」

あり得るわけがない。有澄と知りあったのは坂下の不採用の後のことだ。

仮にそうだとしても、彼がわざわざ雨楽へ近付く必要などカケラもない。

有澄なら『TAKANO』の、一社員である雨楽を利用せずとも、この会社の中などいくらでも情報が得られるだろうし、それ以前にそんなまわりくどい手段を選ぶ男ではなかった。

彼はもっとシンプルで、そして彼もまた孤独と愛に飢えていたのだ。

だが頭から疑ってかかっている晴彦に、今それを言っても通じないことは誰よりも雨楽が心得ていた。雨楽が逆らえば、悪く言われるのはここにいない有澄のほうだ。

「何故そう言いきれる。騙されている奴は、自分が騙されていることに気付かない。雨楽、お前がしていることは私への裏切りだけではなく、この会社への背任行為でもあるんだ。それが仮にも高野の姓を持つ者のすることか。お前がこれほど愚か者だったとは。まあそのほうがあの男も都合がよかったんだろうな、お似合いの愚か者同士か」

雨楽は晴彦の言葉を遮るように、声を上げた。

「だったら…！　私がこの会社を辞め、高野の姓を名乗らなければいいんですね？」

「雨楽？　お前、急に何を…そんなこと、お前が出来るわけがないだろう…！　愚か者だけではなく、恩知らずにまでなりたいのか⁉」

「そうです、私は愚か者です。だから出来るんです。以前も言ったとおり、好きで高野になったわけじゃない。義兄さんを含め全部捨てれば、何をしてももう、文句はないでしょう？　だったらまず手始めにこの会社を辞めます。姓は…これから弁護士に相談して、法的手続きをすぐにとります。…これまでお世話になりました」

「雨楽！」

何を、どんなことを言っても雨楽はこの立場から逃げられない。

これまで晴彦がしていたことは、まるでおとなしくいた獣に首輪を嵌《は》めて太い鎖を繋ぎ、四肢の自由も奪って逆らえなくしてから一方的に棒で殴りつけていた行為に等しい言葉の暴力だったのだ。

雨楽が逃げられないと判っているからこそ、傲慢というあぐらを掻いて言えていた。

ゆっくりと深く腰を折ってから、雨楽は社長室を後にしようと扉へ向かう。

「おい、待て！　何処《どこ》へ行くんだ」

「人事へ。辞表を提出して参ります」

「義弟であるお前が、そんな簡単に辞められるわけないだろう…！　辞めてこれからどうやって生活していく気だ」

駆け寄った晴彦はドアノブに手をかけた雨楽の手を摑み、自分へと顔を向けさせる。

「自分を採用してくれる会社で勤めます。幸い転職には困らないだけの資格も持って…」

「お前の頭の中にはこの会社の企業秘密と、高野の家のことまで入っているんだぞ！　そんな勝手なことが出来ると思っているのか⁉　何がおかしい？」

「面白いと思ったから、笑ったんです。これまで自分は、一体何に縛りつけられていたんだろうと。あなたの言う通り、私は本当に愚か者なんですね」

それは晴彦が初めて見る、静かで悲しい雨楽の笑顔だった。

「…雨楽」

言葉が出ない晴彦の手を、雨楽はやんわりと外す。

その時、社長室にも与えられている雨楽のデスクの内線が鳴った。

「内線に出ろ、雨楽。まだお前は辞表を提出していない。認めたわけではないがな」

そのつもりだった雨楽はドアの前から離れ、受話器を取らずにオンフックで繋ぐ。

「はい、高野です」

『室長、受付から来客の連絡が入っています。お約束《アポ》のないかたで一度お断りしたのですが、名前を言えば判るから室長に確認だけして欲しいと』

「誰ですか?」

『君和田様と名乗られました』

「すぐ受付へ行きます」

「雨楽!」

悲鳴に近い晴彦の制止も無視し、雨楽は今度こそ社長室のドアを開いた。

「おっと」

「申し訳ありません、おはようございます」

その絶妙なタイミングで、ちょうど彼らの叔父の橋本《はしもと》が社長室へ入ってくるところだった。

雨楽はすぐにドアの前を開け、橋本を中へ促す。

「叔父上」

「晴彦、至急確認したいことがある。株の取引で…」

彼らの事情など知らない橋本は、一方的に晴彦へ話を進めてきた。

晴彦は雨楽を追いかけたそうな仕種を見せるが、相手が橋本ではそれもかなわない。

その間に雨楽は急いでエレベーターに乗り、一階のエントランスへと向かう。

だがちょうど二階で止まり、下のエントランスへ行ける階段を使おうとそこで降りた。

二階のテラスから見えた受付には、スーツ姿の長身の男性が受付の女性と談笑している。

「あれは…？」

勘がよいのか雨楽が見つけたのとほぼ同時に男性は顔を上げ、離れた雨楽へとにこやかな笑顔を向けて手を上げた。

そしてジェスチャーでそこへ行くと示し、受付を離れる。

「高野雨楽さんですか？　お約束もなく、突然お訪ねした無礼をお許し下さい。私は君和田類《るい》と申します。君和田有澄の、兄です。弟と親しくして下さって、ありがとう」

「有澄さんのお兄さんが、どうして私の所へ？」

雨楽を訪れたのは有澄ではなく、兄の類のほうだった。髪を後ろへと流し整え、スーツ姿はどこかのパーティーで見かけたような気がする。

だが挨拶はしていないだろう、雨楽は仕事で名刺交換した相手を忘れない。

二階で待っていた雨楽へと軽い足取りで階段を上ってきた類は、すぐ脇でお互い当たり前のように簡単に名刺交換をしてから切り出した。

「急ぎでお知らせしたいことがあって来ました。弟《有澄》に連絡を取らせようと思ったのですが、捕まらないし、こちらへ電話をしても埒があかないので直接来たんです」

「え？　お兄さんの類さんでも、平日の有澄さんは捕まえられないんですか？」

思わず滑り出てしまった言葉に、類は口の端を僅かに上げて笑う。それが妙に様になる。

「やっぱり昼間の有澄のことは、ご存じだったんですね」

雨楽は慎重に頷き、続けた。

「『TAKANO』の人間とつきあうのは、やはりご不快でしょうか」

だが覚悟していた反応に反し、類は朗《ほが》らかに笑いながら手を広げた。

「とんでもない！　弟のプライベートですし、高野さんなら有澄の勉強にもなるでしょう。…もっとも利害云々《うんぬん》であなたと仲良くしているとは思っていませんが。それに過干渉は、弟を信用していないと言っているに等しいですしね」

「信頼関係があるんですね」

「お互いもういい大人ですし、仲がいい兄弟、という程度ですよ。まあ弟の話はともかく。伺ったのは、こちらの会社で採用に至らなかった、坂下渡《わたる》さんをご存じですね？」

「はい、あのかたが何か…確か『キャロル珈琲店』の開発へ行かれたと」

「ええ会社とは別の話です。誰に何を聞いたのか、高野さんを逆恨みするようなことを言っていたそうです。万が一のことがないように気をつけてください」

「それを教えてくださるのに、わざわざ？」

「ええ。直接お会いしたほうが一番確実なので」

「お気遣い戴いて恐縮です」

そう言って雨楽は、丁寧に頭を下げた。

「…うん。何故弟が君を好きなのか判る気がするなあ」

「好…⁉」

自分の兄とは言え、有澄は一体何の話をどこまでしているのだろう。狼狽える雨楽へ、類は苦笑混じりで手をヒラヒラさせる。

話に聞いていたとおり有澄に比べ、類のほうがややしっかりした体軀をしていた。だが体全体のバランスはとても似ていて、さっき見えた後ろ姿は有澄と見間違えそうだ。

「からかうつもりではなかったんですが。もし気分を害したらお詫びします。『TAKANO』の一族は昔から、あまり誰かと親しくつきあうことを好ましいと思っていない人々だったので。もし下心があって弟に近付いたのなら…と、思ったんですが。杞憂《きゆう》でした」

「有澄さんは最初から、私のことはご存じだったんですね」

だがそんなことは一言も、有澄は雨楽に言わなかった。

「いや、気付いたのは後だと聞いていますよ。最初に判っていたら声をかけなかったかも知れないから、知らなくてよかったと笑っていました」

「知らなくて…そうですね、私もそう思います」

素直な雨楽の言葉に、類はにこりと人懐こい笑みを浮かべた。

「これからもアズ…弟と仲良くしてやってください。あいつは割とアホですが、誠実でクソ真面目な所だけが取り柄です」

実の兄ならではの言葉に、雨楽もつられて笑みを浮かべた。

「有澄さんは、他にも素敵なところが沢山あります。私はいつも救われています」

「是非本人にそれを教えてあげてください。きっと喜びます。…会ったばかりのあなたに言うのもおかしな話ですが。私とは本当の肉親で家族である分、心配をかけさせたくないと告げないこともあると思います。だけどあなたにならなんでも話せるみたいで」

「私にとっても、有澄さんはそんな存在になって貰っています」

有澄は、自分が同性愛者でいることを家族にも話していないと言っていた。

だけどもしかしたら家族は、理由そのものは判らなくても有澄が家族には言えない何かを抱えていることは察しているのかも知れない。

皮肉な話だと、雨楽は思う。

血が繋がらないからこそ家族にはなれなかった、晴彦と自分。心の距離が遠いからこそ相手を信じられず、お互いに信用することも出来ない。

血の繋がりがあり、仲のよい兄弟らしい類と有澄。お互いを大切に思っているからこそ、悲しませたくないから言えないことがある。

どちらも同じ兄弟なのに、こんなにも違っていた。

そして有澄と、自分。血の繋がりも、戸籍上の間柄も何一つ共通することはない。

唯一は同じ男同士であることくらいで、本来なら最大の障害になるはずの同性だったことが彼らの橋渡しとなり有澄が雨楽に惹かれ、雨楽が心を預けた。

他人だから、近付けた。辛い想いを自分が知っていたから、相手の傷ついた心が理解出来て身内に言えないことが話せた。

…同性だったから裸で抱きあい、深く愛しあえた。心の奥底に必死に隠していた秘密を、相手の宝物だと言えた。…全て、有澄が雨楽に教えてくれたことだ。

「有澄さんの、お陰なんです」

その時、聞き覚えのある声がエントランスの二階に響き渡る。

「雨楽！」

「高野…！」

二階の通路奥から、晴彦の声と警備員の制止を振り切って階段を駆け上がりながら高野の名前を叫ぶ、坂下の声が重なった。

階段側に立っていたはずの雨楽が、類と有澄を見間違えて叫んだ晴彦に注意が向いたため、坂下の手には銀色に光る刃物が握られていたと気付くのに数秒遅れてしまう。

「雨楽…！」

刃渡りのあるナイフが、雨楽の頬を僅かに掠めた。

刺されると思った瞬間、駆け寄った晴彦に勢いよく階段側へと突き飛ばされ、突き飛ばしたはずの晴彦が再びよろける雨楽自身にぶつかる。

雨楽を狙《ねら》って刺そうとした坂下から守るために突き飛ばし、だが代わりに刃が晴彦の脇腹へと深く沈んで、刺された衝撃に雨楽に再度ぶつかったのだ。

「高野さん…！」

類が咄嗟に腕をのばし、バランスを崩して階段から落ちそうになった雨楽の腕を摑んで自分へと引き寄せながら、すぐに反対の手で階段から落ちそうな晴彦も助けようとする。

「！　お前の助けなんか…っ」

だがその手を晴彦自身が払い、拒んだ。

「社長！　…義兄さん！」

類に支えられながら雨楽がのばした手は、転げ落ちる晴彦の目の前の空《くう》を摑むことしか出来なかった。

「義兄さん‼」

鈍い音と騒ぎを目撃してしまった女性の悲鳴がエントランス中に響く。

動かない晴彦が横たわる床の上に、血の海がゆっくりと広がった。


その後のことは、雨楽はあまり覚えていない。

すぐに救急車が呼ばれ、晴彦は付き添った雨楽と共に救急病院に搬送されて緊急手術がおこなわれた。雨楽もまた別室で頬の傷の処置を受けてから家族に連絡を入れ、かけつけた警察への状況説明と会社への対応に追われて休む間もなかった。

数時間にわたる晴彦の手術が先に終わり、全ての対応を済ませた雨楽が傷の失血で足元をふらつかせながらようやく彼の病室へ行くとさらに追い打ちが待っていた。

「義兄さんが…半身不随《ふずい》に…？」

ショックと失血で担当医の説明がよく理解出来ず、雨楽はオウム返しのように呟く。

そんな雨楽へ、担当医はもう一度諭《さと》すように繰り返した。

「階段から落ちた時に、脊椎《せきつい》へ受けた損傷が原因です。大変残念ですが…今のところ、お義兄様の自力歩行は難しいと思われます」

「そんな…」

雨楽は絶句し、それ以上の言葉が出せない。

ショックなのか自分が思っている以上に多く失血しているせいなのか、あるいはその両方で視界が歪《ゆが》むほど目がまわる。担当医の説明も、まるで水の中から聞いているようだ。

自分が息苦しいことに気付いて、やっと高野の家を出る決心がついたばかりなのに。

勝手なことをしようとしたから、恩知らずとバチがあたったのだろうか。

「リハビリでもとの生活に近くなるまで回復された患者さんも多くいます。どうぞご希望を捨てずにいてください。…ご家族の支えがとても大切です」

あまりに調子が悪そうな雨楽の様子に、顔見知りの若い主治医は一晩の入院を勧めて晴彦がいる部屋とは階が違うが空いていた個室を用意してくれた。

『私がこうなったのは、お前のせいだ。お前が育てて貰った恩を忘れて、俺を捨ててあの男の所へ行こうとするからバチが当たったんだ。だからお前は一生俺に尽くして、罪滅ぼしをしろ。私の後ろから、立てない私の代わりに一生車椅子《くるまいす》を押すんだ。いいな？』

意識が戻った晴彦を見舞った雨楽は、ベッドの上からそう言い放たれた。病院の冷たい床に額が何度もつくほど、雨楽に土下座をさせて謝らせても晴彦の怒りは収まらなかった。

『あいつの所へ行くことは、絶対に赦《ゆる》さない。一生かけて償《つぐな》わせてやる』

晴彦の、当然の言葉だ。ショックで自分を失っているとしても、本当の気持ちだろう。

一人の部屋で、雨楽は夜になっても電気をつけることもせずにベッドへ座り込んでしまっていた。その手には自分のスマホを握り締めている。

有澄の連絡先を開いたまま、通話ボタンを押せないでいたのだ。

「雨楽さん」

ノックがあり、スライド式の扉が静かに開く。

訪れたのは、有澄だった。初めて見る彼のスーツ姿に、驚きながらもどこか納得してしまう。喫茶店の制服姿も格好良かったが、ネクタイをきちんと締めた今のスーツ姿が有澄には一番しっくりくる。

「有澄さん…！」

出入り口のスイッチを入れ、有澄は部屋を明るくする。

そして驚いて立ち上がった雨楽の元へ向かい、そのまま強く抱き締める。

「遅くなってすみません、兄貴から事情を聞きました」

「…っ」

腕の中の雨楽が全身を震わせるが、有澄は抱き締める腕を緩めない。

「お義兄さん…雨楽さんに会いに行った兄貴を俺だと思って、助けようとした手を拒んで落ちたそうですね」

「…俺のせいです」

「違う、雨楽さんのせいじゃない」

雨楽は思わず、腕をまわしていた彼の上着を摑んだ。だが涙が止められなかった。

「違う、俺のせいだ…！　ごめんなさい、有澄さん…俺、あなたの所へ行けません。俺のせいで義兄に、一生かかっても償えないような大きな怪我を負わせてしまいました」

「雨楽さん」

「義兄のために一生尽くせと言われました。そうするつもりです。だから…俺、有澄さ」

有澄は雨楽の震える声を遮《さえぎ》る。そしてもっと強く彼を掻き抱いた。

「いいから…！　もう言わないでいい。あなたを責めに来たわけじゃないんです。だから、このまま抱き締めさせてください。雨楽さん。俺に出来ることありませんか？」

「有澄さん…有澄…」

雨楽は彼の腕の中で力なく首を振る。

「これ以上、有澄さんに何かして貰ったら、俺はバチがあたります」

「大丈夫です、俺はまだあなたに何もしてあげていない。だからバチなんてあたりません」

「俺が…育てて貰った恩を仇《あだ》で返そうとしていたからです。…事故が起きる前、社長室で義兄と言い争いになっていたんです。売り言葉に買い言葉で、会社に辞表を出すと」

「雨楽さんが？」

慎重で我慢強い雨楽が、勢いで辞表を切り出したというのは相当のことだっただろう。尚更《なおさら》、その直後の事故が雨楽にとって悔やまれることに違いない。

「義兄は人事に辞表を出しに行くと言った俺を追いかけようとしていました。その時に」

「兄貴が雨楽さんを訪ねたのを、俺が迎えに来たと誤解したんですね。直接の面識はないのに、お義兄さんが苗字を呼び捨てにしたので兄貴が驚いていました」

「こうなったのは全て俺のせいです。最初に声をかけておきながら、社長に坂下さんの採用を見送るように促したのは俺です。逆恨みされて当然なことをしたんです」

自分を庇ったことでこれからの晴彦の人生に車椅子が必要な体にしてしまった。それは雨楽を『TAKANO』に縛りつける枷《かせ》になってしまったのだ。

怪我をしたのは不運としか言いようがないが、雨楽は良心の呵責でもう逃げられない。それが有澄にも痛いほど伝わっている。

「…本当にありがとう、有澄さん。あなたがいてくれたことで、俺は救われました。心は自由なことを、有澄さんは俺に教えてくれました」

「言ったでしょう？　俺はまだ何も雨楽さんにしていない」

雨楽は首を振る。もう、自分は希望を抱いてはいけない罪を犯したのだ。

「それだけでもう、充分です。だから…」

「俺と別れて下さい、とでも？」

雨楽は顔を上げる。もう、泣いていない。今度は有澄のほうが泣きそうだった。

「そうです。義兄は有澄さんに何をするか判りません。体が自由にならない分、俺に辛くあたるかもしれない。正直、関係ない人のことで辛くあたられるのは勘弁して欲しいです」

「確かに俺は部外者ですが。雨楽さん。…それは、嘘ですね」

声が震え、泣きそうな表情を雨楽は浮かべている。感情を抑えるために握り締めている指先も、白くなっているではないか。

「嘘でも…言わせて下さい。有澄さん、俺はあなたが好きです。一生分の恋を、あなたにしてしまった。だからもう二度と恋はしない…誰も、愛さない。俺のこの気持ちを見える形にして証明することは出来ませんが、今の俺に出来る精一杯の本当の気持ちです」

「だったら…！　諦《あきら》めず、まだ何か出来ることを一緒に探しませんか」

それは無理だと、雨楽は力なく首を振る。自分に対する晴彦の執着は異常で、これ以上有澄に迷惑はかけられない。有澄の気配が近くにあるだけで晴彦は嫉妬に狂い、本当に何をするか判らないのだ。自分はどうなっても、それだけは雨楽には耐えられなかった。

だが晴彦に奴隷《どれい》のように尽くしていれば、有澄に嫌な思いをさせることは抑えられる。

「だから有澄さんが俺のことを少しでも想ってくれるなら。もう俺のことは忘れて下さい。あなたが傍にいてくれたら、俺は外の世界が恋しくなってしまう。だからお願いです」

「どうか落ち着いて、雨楽さん。おそらくこれ以上ないほど、冷静だとは思いますが」

「こんなことなら…有澄さんの手を取らなければよかった。優しいあなたに、迷惑ばかりかけてしまっています」

雨楽には、晴彦を見捨てることは出来ないだろう。そして同じように有澄にも迷惑をかけたくないと思っているのだ。がんじがらめになってしまっている。

　有澄は、小さく溜息をついた。

「…ではあなたが望むとおりに、雨楽さん。別れることで今のあなたの気持ちが少しでも軽くなるのなら、そうします。でも、あなたを想う俺の気持ちは変わりません。俺は愛しあったことも、後悔しません」

「有澄さん…」

「雨楽さんは俺のことが好きだと言ってくれましたよね。本当ですか？」

　静かで穏やかな、有澄の声。初めて雨楽へと声をかけてきた時と同じ、もの。

　ただただ雨楽を気遣う、優しい気持ちだけが有澄の声に乗せられている。

　そんな有澄を、雨楽は真っ直ぐ見つめた。

「本当です」

『あぁ、綺麗な瞳だな』

　有澄は雨楽に見つめられながらそう思う。

　どんなに澄んだ瞳で有澄を見つめているのか、雨楽自身は知らない。

　有澄はそっと手をのばし、そしてゆっくりと再び抱き締める。

「では、あなたは俺のものですね」

　何か言おうとする雨楽を、有澄は許さない。

「あなたは俺のものだ、雨楽さん。離れていても俺を好きでいてくれる気持ちが変わらないのなら、心も体も全て俺のものです。それだけは、忘れないで下さい」

「有澄さん…！　俺は」

雨楽の頬に触れ、息が唇にかかるくらい近い距離で有澄は続ける。

「あなたが俺のものだと、俺以外誰も知らない。だから大丈夫です。心は見えないから、気付かれる心配もありません。雨楽さんが俺のものだと忘れられないように、おまじないを教えますからよく聞いて下さい。…あなたが俺のものであるように、俺もあなたのものです」

「有澄さ…んぅ」

有澄はそう言うと、そのまま誓いの証《あか》しのように優しく口づける。

一度唇が離れ、今度は角度を変えて愛を確かめあうようなキスを重ねていく。

「何度でも、同じことを言います。雨楽さん、あなたを愛しています。だから泣かないで」

再び涙が止まらなくなった雨楽の頬を、有澄は何度でも優しく拭ってやる。

「すみません、有澄さん…俺は…何もあなたに返せない」

「見返りを望んで、雨楽さんにしているわけじゃないですよ」

「俺は強欲な人間です。何も返せないのに、でも…有澄さんが言ってくれた今の言葉が嬉しくて胸がいっぱいで、しあわせで…俺。言ってくれた言葉を、返したく…ない」

「雨楽さんにしか言わない言葉です。嫌でも受け取って下さい。そして…何かをしてくれるなら…俺を好きでいてくれることを、諦めないでいてください。俺もあなたを諦めません」

「有澄さん。…今の俺に出来ることを、させてください」

雨楽はやんわりと、抱き締めてくれていた有澄の腕をそっとゆるめる。

「『俺は、有澄さんのものです』。心も体も全て、一生あなたのものだ」

「じゃあいつか…本当に雨楽さんが心も体も自由になったら、俺と結婚してください」

それはけして来ることのない未来だと判っていても有澄の言葉が嬉しくて、雨楽は自分の気持ちのまま素直に頷く。

「はい。そうしたら俺に、朝美味《おい》しいコーヒーを淹れてくれますか？」

「喜んで！　お揃《そろ》いのカップで、雨楽さんのために毎朝美味しいコーヒーを淹れますよ」

雨楽にはもう、それだけでよかった。絵空事の約束でも、これからの心の支えになる。

得意そうな有澄の返事に小さく笑った雨楽に安心し、やっと腕を離した。

「雨楽さん…さっきの話ですが。坂下さんの不採用を、雨楽さんが促したと言ってましたよね？　その理由を訊いても？」

訊きながら有澄は、携えていたカバンから書類を取り出す。

「それは…」

「うん、社外の俺には言えないと思います。これが理由じゃないんですか？」

「！」

差し出された書類に、雨楽は息を飲んだ。

『TAKANO』の開発部門が、巨額の横領に絡んでいた事実を裏付ける証拠書類だった。クリップに挟まれている写真には、橋本の横顔もある。

「もしこの事件が公《おおやけ》になれば、企業イメージを維持するため、開発部の人事刷新を迫られるでしょう。そうなったら真っ先に整理されるのは、坂下さん達のような外から引き抜かれてきた人々だ。雨楽さんはいつかこのことが明るみに出ることを…恐らくは、そう遠くないことを知っていて敢《あ》えて彼を入社させなかった。違いますか?」

困ったような雨楽の表情が、有澄の問いを肯定している。

「そうです。世間に知られれば、開発部自体が一度閉鎖される可能性もあります。それを判っていて、入社してもらうわけにはいきません」

「義兄さ…社長はそのことを?」

「いいえ。横領事件に携わっているのは、親戚筋の叔父です。気付いていても、今の義兄の会社の力ではまだ見て見ぬフリするしかありません。むしろ義兄のことです、敢えて入社させて都合の悪いことを全て押しつけて追い出しかねません」

「そうですか…それともうひとつ。情報が飛び込んできたのは今日で、あなたに伝えたくて情報を集めるためにこちらへ来るのが遅くなりました」

「何を…?」

「海外で大きなシェアを誇るG社が、『TAKANO』を買収するために動いています」

『TAKANO』の社長である晴彦が、ヘッドハントしておきながら採用を見送った坂下に逆恨みされ、襲われた事件は瞬く間に世間を賑《にぎ》わせた。

晴彦が社長職に就いてから『TAKANO』が優秀な人材を求め、以前からやや強引な勧誘をしていたこともマスコミに報道され、その過熱した情報合戦がきっかけとなって橋本の横領疑惑に伴う食品の表示偽装が白日の下に晒されてしまった。

そのため『TAKANO』に関するマスコミの報道は晴彦の事故から表示偽装へと移り、晴彦の擁護《ようご》派《は》であった橋本の逮捕と相次ぐ不祥事に株価が下落、『TAKANO』は事業を始めてから最も巨額な赤字を出す結果となった。

雨楽はその赤字を埋めようと入院療養中の晴彦に代わり奔走《ほんそう》していたが、事故から二ヶ月が過ぎて会社自体が危ういかも知れないというこの状況でも、己の保身と損得勘定しかない愚かな親族の役員に足を引っ張られ信用回復もままならない。

この間隙を縫うように、今度はスイスに本社を持つ飲食事業のG社から、強気の業務提携の話が持ちかけられた。業務提携とは名ばかりの、実質『TAKANO』の乗っ取りである。

「なんとかしろ」

車椅子に座った晴彦は、報告に病院を訪れた雨楽へと労《ねぎら》いの言葉もなくそう言い放った。

「G社への売却は、絶対させるな。元はといえば、お前が俺の足をこうしたからだ。社長の俺が辞任するかも知れないと噂《うわさ》が流れ、また株が売り出されて下落している。少しでも申し訳ない気持ちがあるなら、お前が企業への誠意を見せてみろ」

「社長…」

事故に引き続き公《おおやけ》になってしまった橋本の横領着服、飲食部門にも提供されていた商品の偽装で弱りきっていたところを狙ってのG社の乗っ取りの動き。そして十数億円に及ぶであろう、赤字の対策。この全てに雨楽は対応し、身も心も疲れ果てていた。

「では、どうすれば…」

「俺が知るか。お前が好きなようにすればいいだろう。だが、会社へ不利益をもたらすことは許さない。橋本の叔父の逮捕も、俺が会社に出られていればこんな最悪なことにはならなかったはずだ。高野の名を持つ社長の義弟として、その力量が問われているんだぞ？」

義兄として社長として適切な助言や指示を与えてくれない晴彦の、勝手な言葉だ。

…あれから有澄には、自分から一度も連絡を入れていない。

返事に窮《きゅう》していた雨楽を、晴彦は忌々しげに見上げた。

「お前が女なら、どこか金持ちの所へ嫁《とつ》がせて資金のひとつでも作れただろうに。それすらお前は出来ないからな。かといって逆は無理だろう？　男に抱かれて悦《よ》がるお前では。少しでも甲斐性があるなら股でも開いて金を稼げればいいのにな」

「…っ」

どこで覚えたのか下品な言葉をわざと使うことで、晴彦は雨楽を侮辱している。

病室には晴彦と雨楽しかいないとは言え、明らかな侮辱にも反論の余地は許されていない。雨楽が訪れる度に、晴彦はこうして自由にならない憂さ晴らしに彼を苛め抜いていた。

有澄と逢っていない、連絡をしていないと告げても晴彦は雨楽の言葉を信じなかった。

平気で彼のスマホを提示させ、着信記録から果てはメールの記録までチェックする。

そして有澄と連絡を取りあっている様子がないことを確認してから、ようやく気が済んでスマホを返してくれるのだった。だが疑いが晴れたわけではない。

「忙しくてあの男にも会えなくて残念だな。…俺をこんな体にしたお前には当然の報いだ。俺の補佐として働いているのなら、相応の働きを見せてみろ。用がないならもう帰れ」

病室を後にして、雨楽は大きな溜息を白い廊下の天井に向けて吐き出す。

「…」

父親から譲り受け、不慣れながらも晴彦はこの会社のために尽力してきた。やり過ぎの部分はあるが、社員達の評判もけして悪くない。ヘッドハントも会社の益を思ってこそだ。

だが彼は怪我を負い、今はこうして療養中で立つことも自由にならない身になっている。

「俺が義兄さんに怪我をさせることがなければ、こんなことには」

この二ヶ月の間晴彦の業務代行と赤字の補塡《ほてん》に忙殺されていた雨楽はもう、限界だった。

「だけど、どうすればいい…？」

雨楽は自問自答する。だがいくら経営学を学んで優秀な成績を修めている雨楽でも、経験以上の学びはない。若い彼では、あまりに手に負えない案件だった。

銀行に足を運び、金策にも先頭を切って対応していた。でももう限界だ。

悩んで悩んで悩んで。

「やっぱりそれ以外、無理だ…」

…雨楽は出した答えに従い、有澄に相談するために自分のスマホを取り出した。


「少し、痩せたね」

二ヶ月ぶりに逢った有澄はそう言って、少し心配そうに笑った。

だから雨楽も素直な自分の気持ちを口にする。

「あなたに逢えなかったから」

「俺は口寂しくて、食べるチョコが増えて一キロ太りましたよ」

待ち合わせ場所は、シーフードが美味しいと評判の五つ星レストラン。

相談に乗って欲しいと連絡した雨楽の頼みを快諾し、その日のうちに有澄がこの店を指定した。頼んだコースを食べながら、雨楽は有澄に会社の状況を説明している。

間にいくつかの質問を交えながらも話を聞いていた有澄が口を開いたのは、コースを食べ終えてテーブルに食後のデザートが並べられてからだった。

「手に負えないなら、まだ生かせる事業を売却して立て直しをはかったほうがいい」

簡潔な有澄の回答に、エスプレッソのカップに手をのばしかけていた雨楽の手が止まる。

「G社に、ですか?」

「まさか。そうさせたくなくて雨楽さんから相談されているのに。G社の評判は、俺の会社でも耳にします。買い取った企業から有益なノウハウを搾取《さくしゅ》するだけしてから、一部の優秀な人材だけ吸い上げて不要な部分を別の会社に売り渡してしまう会社です」

「…そうです。なあなあの同族経営でぬるま湯に浸かっているような会社は、ひとたまりもありません。国内の二流以下の企業に切り売りされ『TAKANO』ブランドは消失する」

雨楽の話を聞きながら、有澄がふ…っと柔らかな笑みを浮かべる。どうして笑ったのだろうと首を傾げた雨楽へうん、と頷く。

「雨楽さんは自分を縛っているであろうはずの会社には、恨み言を言わないんですね」

「俺は自業自得です。舵取《かじと》りをする経営者が愚かだっただけで、会社には罪はありません」

G社は確かに大企業だが、その経営方針は獰猛《どうもう》で有名だ。売却された後、G社に所属することになる社員達はどうなってしまうのか判らない。

「会社は働いてくれる社員がいてこそであり、彼らにも生活があります。経営者として、自分の保身のためにケーキを売るように簡単に右から左へ譲渡していいものではありません」

「うん、そう言うあなたが歯を食いしばって頑張っている会社は、経緯を知らない社員もしあわせだ。…そういえば経営相談はしなかったんですか？」

問われ、雨楽は子供のようにぽかんとした表情を浮かべた。こうして久し振りに逢うと、雨楽の日々重なる疲労が目に見えて判る。そして心を許している有澄の前では、取り繕う必要もないのだろう。彼本来の穏やかな素の表情を見せているのだ。

「相談はしました。お前の責任だから、お前が相応の働きをしてみせろと義兄に言われました。俺が女だったら裕福な家へ嫁にやって、資金繰りのひとつにするのにとも」

あまりの言葉に、有澄すら不快さに眉を寄せる。

「そんなことを言われたんですか？」

「言われて当然の、立場です」

「やっぱり、自分に正直に電話すればよかった」

この二ヶ月間、有澄からも連絡は一度もしていない。

「…連絡してしまったら、自分の心が折れてしまいそうだったんです」

だから雨楽は連絡をしなかったのだと、誰よりも有澄自身判っていた。

「でも、こうして俺に連絡くれたのは雨楽さんからです。…よかった、思い出して貰って」

「ご心配おかけして、すみません」

心からの詫びの気持ちで頭を下げる雨楽に、有澄は大丈夫だと笑う。つられ、雨楽は少し安心したような表情をやっと見せた。

「俺は…こんな自分勝手な奴なんです」

「誰よりも頑張り屋さんなだけです。ちゃんと判ってます、大丈夫」

有澄はいつも、こんな優しい言葉で雨楽を認めてくれる。それだけで、雨楽は救われた。

「…有澄さんに逢えてよかった。有澄さんの淹れた美味しいコーヒー、飲みたいなあ」

しみじみと呟いた雨楽の口調が子供のようで、今度は有澄が笑みを零した。

「いくらでも。…でも俺は雨楽さんのが、飲みたいと思っています」

「今、爽《さわ》やかな笑顔で何か凄いことを…」

有澄は人懐こい笑みを浮かべたまま、他のテーブルから見れば上機嫌に雨楽に何かを語りかけているとしか思えない表情と口調で繰り返す。どんな内容を話しているのかは、充分に間を取っている他のテーブルまでは聞こえない。

「ホテルのラウンジで待ち合わせればよかった。雨楽さんに触れたくて、我慢の限界です。触れて裸にして…抱きたい。俺の腕の中で淫《みだ》らに乱れるあなたを、濡れるあなたの声を聞いて興奮したい。今脳内で理性が凄い戦ってます」

「それは俺も…同じ、です。その…自分の声では興奮は、しないと思いますが」

有澄は自分の皿に乗せられた違うデザートを雨楽に勧める振りをして、彼の手に触れる。長いテーブルクロスに隠されて見えないが、互いの足はテーブルの下で触れていた。

「俺が雨楽さんの声に興奮したいんです。この二ヶ月、ずっとあなたのことを考えていました。やっぱりあなたが好きだなあって思います。だから決めました」

「何をですか？」

「G社に奪われたくないなら、奪われないようにしてしまえばいいんです。好きにしろと義兄さんからお許しが出た以上、正々堂々と雨楽さんが身売りすればいい」

「…え？」

最後のコーヒーを飲み終えた有澄が上品に口を拭い、これ以上待てないと言わんばかりに優雅に立ち上がる。

「G社が喉から手が出るほど欲しがっている『TAKANO』の一部を、もっと高値で買ってくれる企業へ売るんです。…雨楽さん、あなたをセットにね。とりあえず今夜はあなたを帰しませんから、覚悟してください」


それから一週間後、晴彦の病室へ雨楽が有澄を伴って訪れた。

「『TAKANO』の飲食部門を売却⁉　雨楽、それはどういうことだ」

「正確には『TAKANO』の飲食部門のうち、喫茶部門とその開発部の一部です」

「俺はお前になんとかしろと言ったはずだ。それなのに何故G社に売却を…そして何故この男を連れて来た。立てない俺をあざ笑いに来たのか！」

「だから、なんとかしました」

「な…」

子供のような雨楽の返事に、晴彦は二の句が継げない。

「その結果をご報告に来たんです。売却先は『キャロル珈琲店』の…」

「雨楽、お前…！　俺が動けないのをいいことに、こいつと一緒になるために自分の会社を売り渡したのか…！　この裏切り者！」

「それも名案ですが、違います。売却先は『キャロル珈琲店』を有するＬＣグループ・ホールディングスです」

「…！」

その名を聞いた途端、晴彦は息を飲んだ。ＬＣグループと言えば吸収合併を繰り返し、今や飲食部門では日本最大級の規模を誇る一大企業だった。ホールディングスは相手企業の株を買い上げる、つまり買収して支配下におくのではなく、会社としての本来の形態を維持したまま『経営統合』という形で繋がる企業グループだ。事業提携がしやすく、市場の拡大がしやすい。

食品卸業から始めて現在は外食業にも携わる『TAKANO』グループを、何十倍にも拡大した他業種の会社同士が独立したような多角経営の企業体と考えていいだろう。

外食部門では『TAKANO』のライバル会社にもあたる。

「『キャロル珈琲店』がLCグループの傘下《さんか》企業だった…だと?」

「グループとしては独立しているので、正確な意味では『キャロル珈琲店』はグループ傘下企業ではありませんが、まあ便宜上そう解釈されてかまいません」

穏やかな口調で説明したのは、雨楽の隣に立つ有澄だった。

スーツ姿の彼は経営者としての貫禄と落ち着きを持ち、かつて店でフロア担当をしていた一介の従業員にはとても見えない。

「それが何故、我が社の飲食部門を買収しようとするんだ。何を企《たくら》んでいる」

「このままでは『TAKANO』グループは実質G社に乗っ取られてしまいます。ですが義兄さんが不在の今、抵抗して自社を守る力はありません。まだ力があるうちに飲食部門をLCグループへ好条件で売却することにより、G社に買収されることが回避出来ます」

淡々と説明した雨楽はG社が示した条件と、LCグループが提示した条件の比較書類を見せる。僅かだがLCグループのほうが条件がよく、売却しても今現在の会社を維持出来る。

正しい意味で経営者が変わるだけで、総会に議案をかけても反対される条件は見出せない。

このまま何もしなければ、G社に半ば強引に買い取られてしまう。

「横領の発覚を恐れた橋本の叔父が、水面下でG社への売却を進めていたんです。ＬＣグループに買収される最大のメリットは『TAKANO』の名前は残し、人員整理も極力抑えられることです。義兄さんも社長の席は…維持です」

「雨楽、お前…最初からこうするつもりでいたのか…！」

「いいえ。相応の働きをしてみせろというので。義兄さん、あなたが言う通りＬＣグループに股を開いて金を稼ぐことにしたんです」

「な…」

「…あれ、もしかしてお願いすれば、開いてくれたんですか？　聞いてないですよ？」

有澄が自分より背の低い雨楽へと体を寄せ、わざと晴彦に聞こえるように耳打ちする。

「言ってませんので。それにあなたには…いや、今はこの話はいいんです。ＬＣグループは我が社にとってライバル会社です。その会社へ『TAKANO』の売却を希望したのは私です。重大な背信行為です」

「判っているなら、どうして…！　我が社よりも小さい『キャロル珈琲店』の社長如《ごと》きを連れてきて、なんの掩護《えんご》射撃になるというんだ？」

「『TAKANO』を守るためです。私はこうする以外、方法がありませんでした」

晴彦に責められそうになる雨楽の前へと、有澄が守るように立つ。

そして充分な間を置き、ゆったりとした口調で自己紹介をした。

「申し遅れましたが私君和田有澄は、『キャロル珈琲店』の社長及びＬＣグループ親会社で飲食部門総括を担当しています」

「筆頭経営陣の一人…⁉　お前が…」

ＬＣグループの経営陣の一人であるということがどれほどの影響力をもつのか、『TAKANO』グループの社長である晴彦が知らないわけがなかった。むしろ知っているが故にその威力は一般人以上のものだ。

以前からずっと向けていた、有澄への蔑《さげす》みのまなざしがようやく晴彦から消える。

有澄は気にせず鷹揚《おうよう》に笑い、続けた。

「『TAKANO』の飲食部門を傘下にすることは、けして悪い条件ではないと思います。その条件として、一つだけ提案致しました」

「なんだ」

「『TAKANO』グループ本家の次男である高野雨楽さんが、我が社へ入ることが必須条件です。まあ有り体《てい》に言えば和平のための人身御供《ひとみごくう》ですね」

「和平だと…！」

「自分から売却を申し出て実は既にＧ社と裏で繋がっていた、では困るんです。義弟さんをこちらの手元に置くことで…まあ御社が謀反《むほん》をしないように。義弟さんにとっても、我が社のグループで働くことは勉強になると思いますよ」

「本音は…なんだ。どうしてこんなことに」

声を絞り出すような晴彦を、有澄は真っ直ぐ見つめる。

「あなたが、雨楽さんを蔑《ないがし》ろにしたからです。…雨楽さんはこれから我が社で愛人同様の扱いを受けます。彼の人格も才能も全て否定し、奴隷のように従わせます。あなたはそれを知っていながら、遠くから指を咥《くわ》えて見ているだけです」

「なんだと…‼」

あまりの衝撃的な言葉に、晴彦はそれ以上耐えられなかった。

晴彦が今まで座っていた椅子が、背後のベッドへとぶつかって耳障りな音が病室に響く。

一生立てないはずの晴彦が、補助もなしに立っていた。

「義兄さん？　…立てるんですか？」

動揺する雨楽を、有澄はやんわりと制す。

「今私が言った言葉が、これまであなたが雨楽さんへしていた仕打ちとどう違いますか？　本当は脊椎の損傷は僅かで、実際の歩行にはなんの影響もなくそうやって立てることを雨楽さんや世間に隠していたのは何故ですか？」

「お前に何が判る！」

声を荒らげる晴彦へ、有澄はゆっくりと首を振った。

「高野さん、俺はあなたのことは何も判りません。申し訳ないですが知りたくもないです」

「…」

およそ彼らしからぬ否定的な言葉に、雨楽は思わず有澄の横顔を見つめてしまう。

そんな有澄は雨楽の視線に気付きながらも、立ち尽くしている晴彦を見つめていた。

「…あなたは雨楽さんを手元に置きたいがため、怪我を偽っていた。私利私欲に走ったあなたは、多くの社員を抱える社長の資格があるとは思えません」

「…！」

「高野晴彦さん、あなたが世間を偽り、雨楽さんを苦しめた。その代償を、彼と会社の一部を失うことで身を以て払うんです。全てあなた自身がおこしたことです」

「人の気持ちも知らないで、勝手なことを言うな！　お前と私と、何が違うんだ」

絞り出すような晴彦の叫びに、有澄は同意して頷く。

「多分、最初は何も変わらなかったと思います。もしあなたが、幼い頃から雨楽さんを自分の弟として、あるいは大切な人間として扱っていたら。彼の持つ寂しさを理解してあげていたら。他の誰でもない、雨楽さんが自分にとってもっとも必要な人だと伝え、大切にしていたら。…俺はきっと、彼の視野にも入らなかったはずです」

「な…」

「雨楽さんの献身《けんしん》を、あなたは当然貰うべきものとしてしか扱わなかった。あなたに尽くすためだけに養子に迎えられた存在意義故の従順を、主張をしない臆病者《おくびょうもの》と判断した。常に差し出されていた彼の手を、あなたは永遠にそこにあるものだと驕《おご》ったんです」

「…っ、それは、本当なのか…雨楽」

「…」

奥歯を噛《か》み締めるような晴彦の問いに、雨楽は無言でいることで肯定した。

多くのことを有澄に語ったわけではない、なのに彼はこれほどに雨楽を理解してくれていたことに、雨楽自身が驚いていた。だからこそ彼はいつも優しく、傍《かたわ》らにいてくれたのだ。

…本当に。もし有澄が言うとおり、晴彦が幼い頃から雨楽へと不器用ながらも愛情を向けてくれていたら。不安で堪らなかった彼の立場を理解し、もたらされる優しさを優しさで返していたら。たとえ恋人同士にならなくても、雨楽はなんの見返りも求めず晴彦の人生に寄り添っていたはずだ。そうなるはずだった幸運を、晴彦は今日まで気付けなかった。

「そしてあなたは雨楽さんへ抱くようになった特別な想いすら自ら否定し、持て余した感情を雨楽さんに八つ当たりとしてぶつけた。…血の繋がらない弟であり、同性であることで、彼は自分の物にはならないと最初から諦めてしまっていた。それればかりではなく、彼を騙し一生傍で償いをさせようとまでした」

「お前は、そうではなかったとでも言うのか」

有澄は隣に立つ雨楽の背中へと手をまわし、優しいまなざしを向ける。

「俺は雨楽さんが何処の誰でも関係ないです。一文無しでも犯罪者でもいい。彼だから惹かれました。彼に笑って欲しい、しあわせになって欲しい…俺が願うのはそれだけです。高野さん、もういいでしょう？　雨楽さんを解放して下さい」

有澄はそれだけを告げると、雨楽を促して晴彦の病室を後にした。


「…どうして、有澄さん」

病室を出た二人は、やや早足に出口のエントランスへと向かう。

ずっと無言でいた雨楽が、有澄に手を引かれながらようやく口を開いた。

「何がですか？」

「義兄が立てること、ご存じだったんですか？」

「いいえ、確信はありませんでした。彼のような負けず嫌いの性格が、歩けません、はいそうですか、とおとなしくしているとは思えなくて。この病院に勤めている知りあいの医師に彼のカルテを診《み》て貰ったんです。そうしたら脊椎への損傷はなく、彼は歩けるはずだと」

「何故そんな嘘を…会社の命運が分かれる瀬戸際なのに」

「それはまあ…歩けなくなれば、一生雨楽さんを縛ることが出来るからだと。会社よりも、雨楽さんだったんだと思います。しばらくの間でも怪我で現場を離れたので、危機感よりも臍《へそ》を曲げていたい気持ちのほうが強かったんじゃないでしょうか」

まだ若いし、と有澄はとってつけたように言い添える。

「義兄さんがこうなったのは、俺のせいだ」

自らを断罪する雨楽へ、有澄は立ち止まってはっきりと否定する。

「いや、それは違う。彼が好きでやったことで、全て自己責任です。雨楽さんが負い目に感じる必要はありません」

「でも」

「…」

雨楽は目を伏せ、深く深く息を吐き出す。

「義兄さんが本当は歩けて…よかった…。義兄さんがいれば、俺がいなくてもあの会社は大丈夫です。むしろ今の俺では邪魔になる」

「…。嘘をつかれていた恨み言は、言わないんですか？」

雨楽は首を振る。

「恨み言はきっと怒りと同じで、相手への甘えから来るものです。義兄さんが歩けるのなら、それだけで充分です。怒りが相手への甘えって、俺の好きな人から聞いたんですが」

そう言って照れ臭そうに笑った雨楽を抱き締めたくて、でも病院のエントランスでそれをするわけにはいかない有澄は、代わりに両手を広げた。

「俺に何度あなたを惚れ直させたら、気が済むんですか？」

恥ずかしさに歩き出した有澄にならい、雨楽も横に並ぶ。

「それは俺がずっと訊きたいと思っていたことです。…俺のどこがよかったのか、正直いまだに判らないんです」

「言ったでしょう？　一目惚れだって。噂で聞く『TAKANO』社長の遣《や》り手の義弟と、実際のあなたとのギャップ萌《も》えもあるんですが。…『TAKANO』の開発部がいつか規模縮小になることを承知でわざと採用を見送らせるとか、常連客のお婆さん、相田さんのことだとか」

「相田さん？」

「車に乗っている時に、わざとクラクションを鳴らして相田さんを転ばせたって…雨の日に店に来た時にあなたは他の人に責められてしまっていましたが。相田さん本人が、俺に教えてくれたんです。驚いて転んだ直後、目の前を信号無視の車が走り抜けたそうですね。もしそのまま歩いていたら、間違いなく轢《ひ》かれていたから怪我で済んでよかったたって」

「…」

「自分を立ち止まらせるために、わざとクラクションを鳴らしたって」

「俺が『TAKANO』の人間だと、ご存じだったんですよね」

「それはお互い様です。いつから俺のことを？」

「初めて、有澄さんの部屋へ行った時です」

「え？　そんなに早く？　どうして判ったんですか？」

「映画が趣味で大きなテレビを買ったと話していたのに、部屋にはデッキもテレビもありませんでした。勤めているのに、部屋には脱いだ制服一枚ない。近隣とのつきあいは殆どないはずなのに、隣の部屋は空室だと知っていた。だから別に部屋がある人だと」

「え、凄い」

「決め手は祖父さんが名付けた兄弟の名前。『キャロル珈琲店』の創始者君和田蔵之介は大変な読書家で、孫の名前を『不思議の国のアリス』からつけた逸話は有名です」

「雨楽さん、名探偵…？　知られて遠ざかれたら嫌だな、って言えませんでした」

「俺のことは気付いていて、どうして？」

「知っていても、相手から告げられなければ…その間は見て見ぬフリが出来るから」

「俺を見かねて声をかけてくれたのに、商売敵が偵察に来ていたのか、って有澄さんに思われたら…俺も言えなくて」

「来て戴くお客様に、肩書きは必要ないですよ。給仕《ホール》の仕事は学生の頃から社会勉強のためにさせて貰っていて『キャロル珈琲店』は、どうしても欲しくて祖父から譲って貰ったんです。だからかなりの借金持ちですよ、俺」

「お金は頑張って働けば返せるんだから、なんの問題もないです。…有澄さん」

「はい」

改めた声に、有澄も雨楽へと向き直って姿勢を正す。

「あの夜、俺を見つけてくれてありがとうございます。俺はあなたに救われました、何度も何度も…そして今回のことも」

そんなことはたいした問題ではないと、有澄はそっと雨楽の手を取り再び歩き出す。

優しい有澄の手を握りかえしながら、雨楽もその後に続いた。

「雨楽さん、俺はねえ、ずっと寂しい人を探していたんです。世界で自分一人だって、泣いているような人。兄貴に話したらあまりいい顔されなかったんですが。その人の傍らにいて、孤独を慰めたいとずっと…そう思っていたんです」

それはまさに、あの時店にいた自分だ。

「だから俺を…?」

有澄は雨楽を見つめる。見つめて、目を細めて笑う。

「違います、だから雨楽さんを見つけられた。女性を愛せなかったのも、多分同じ。ずっとずっと…雨楽さん、あなたに逢いたかった。今は抱き締めたくて我慢してますが」

「俺…自分の部屋に戻って、一人で寝室にいる時。あなたに抱かれたことを思い出して、自分を慰めていました。あなたに抱かれて、受け入れて満たされたことを何度も。逢えなかった二ヶ月の間も、逢えばきっと…抱かれたくなってしまうだろうから、って」

「俺は、その真逆でしたよ。毎晩妄想の中であなたを犯してた」

「…有澄さんしか知らないのに、こうして話しているだけで体の奥が疼きます」

「これからはずっと一緒だから、一人で思い出す必要はなくないですね。そして、雨楽さんの体をそうしてしまった責任とります。大体なんとなくプロポーズですよ、これ」

「そう言われてギュってなるのは、女性だけだと思っていました。…男の俺が聞いても、かなりときめきますね。有澄さんが淹れてくれるコーヒー、とても美味しいから」

有澄が振り返り、雨楽を見つめる。その瞳は真っ直ぐで、綺麗だった。

「あなたが俺の初恋なんです。笑われるかも知れないけど、本当です。俺がコーヒーを上手に淹れるように頑張ったのは…いつか自分の好きな人に、美味しいモーニングコーヒーを淹れてあげたいと…そう思ったからなんですよ？」

上目遣いの有澄が愛おしくてたまらなくて、雨楽はしあわせな気持ちのまま花が綻《ほころ》ぶような笑みを零す。

「これからもあなたと、有澄さんとずっとずっと一緒にいます。…だから、俺に美味しいモーニングコーヒーを淹れて下さい」

「喜んで」

二人は照れ臭そうに笑いあうと、手を繋いだまま病院を後にした。

あとがき

こんにちは&初めまして。染井吉乃です。

ルチル文庫さんで十冊目になります（おぉお！）「バリスタの恋」をお届け致します。

今回はサラリーマンが主人公です。

美味しいコーヒーって、上手な人が淹れると本当に美味しいですよね…。

以前友人に教えて貰った喫茶店で、美味しいコーヒーを飲んだことがあります。

私はどちらかというと紅茶から中国茶のあたりが好きなのですが、そんな私が飲んでも大変美味しいコーヒーでした。こんなに美味しいコーヒーが淹れて貰えたらいいなあと思ったのが、今回のお話になりました。

がしがし書きすぎてしまい、某おにーちゃんの出番をエピソードごと削除してしまったので、後でそこと繋げていたシーンが著者校で残っていて胃がきゅっとなりました…。

今回の挿し絵は中井アオ先生に描いて戴きました。

あ、有澄が格好いい…！　そして雨楽も素敵に描いてくださって、ありがとうございました！　とてもとても嬉しいです。本になるのが今からとても楽しみなのです。

そしてそして今回も、またしても担当様に大変お世話になりました。

また本の製作に携わった関係者の皆様、お顔やお名前を拝見することはありませんが、心から感謝致します。家族と猫も、そして友人達にもありがとう。


冒頭でも述べましたが、この本でルチル文庫さんで十冊目の発行となります。嬉しい！

また商業誌の仕事を始めて、今年でなんとなくぼんやりと二十年が過ぎました。

二十年！　自分でもびっくりします。…二十年前とやっていることがほぼ変わらないことが、特にびっくり部分です…。

とはいえこんなに続けてこられたのも、こうして読んで下さっている皆様のお陰です。ありがとうございます。

感謝の気持ちをこの場で申し上げるには余りも足りませんので、その感謝の気持ちの分でこれからも皆様のお手元に作品が届けられるよう、これまで以上に頑張ります。

お届け出来るしあわせが、嬉しいです。

マイペースは変わらないと思いますが、自分で書いて愉しいお話をお届けしたいです。

これからもどうぞよろしくお願い致します。

少しでも愉しんで戴けたら、嬉しいです。

またどこかでお会い出来ることを願って。

二〇一四年　八月の暑い日に

染井吉乃

✦初出　バリスタの恋…………………書き下ろし

染井吉乃先生、中井アオ先生へのお便り、本作品に関するご意見、ご感想などは
〒151-0051 東京都渋谷区千駄ヶ谷 4-9-7
幻冬舎コミックス　ルチル文庫「バリスタの恋」係まで。

幻冬舎ルチル文庫
バリスタの恋

2014年8月20日　　第1刷発行

✦著者	染井吉乃　そめい よしの
✦発行人	伊藤嘉彦
✦発行元	株式会社 幻冬舎コミックス 〒151-0051 東京都渋谷区千駄ヶ谷 4-9-7 電話 03(5411)6431［編集］
✦発売元	株式会社 幻冬舎 〒151-0051 東京都渋谷区千駄ヶ谷 4-9-7 電話 03(5411)6222［営業］ 振替 00120-8-767643
✦印刷・製本所	中央精版印刷株式会社

✦検印廃止

ISBN978-4-344-83207-7　C0193　Printed in Japan